独角马·中篇轻读文库

U0732947

独角马·中篇轻读文库

身体是记仇的

须一瓜

海峡出版发行集团 | 海峡文艺出版社

目录

身体是记仇的

...001...

去云那边

...068...

有人来了

...152...

身体是记仇的

一

　　十几年前，牙医小柴第一眼见到让他叫"小姑姑"的人，就尾骨发麻。那种怕，就像背对着悬崖边站立的感觉。他说，如果当时她在哭，或者脸上有哭痕，或者哪怕偶尔大哭过——而不是始终在笑，他可能就不会那样从心底发怵。

不过，在十几年前的当时，还未跨进祭奠大厅门槛，少年小柴就感到母亲有点怯场。母子之间互相传感着莫名忐忑，小心庄重地跨入灵堂。一进去，母亲就悄悄戳小柴的后腰，示意按她事先教的对那女子叫妈。灵台边，"小姑姑"仰着尖锐的下巴，转过半个脸，对着走向她的母子俩上下左右打量着。她笑着，轻慢的眼风就像评估毛重，还有一点"好戏又来了"的夸张兴致。那个生僻而持久的笑意，在灵堂台边，冒着白色的气雾，让少年小柴联想到冰窟里取出的冰块。

母子俩停在她身边。少年小柴乖巧开口，但几乎是话音未落，他的脸就被风雷所掠，那一掌甩击，手劲之重惊骇了所有人。少年摔在楼梯边，眼镜摔在远远的另一边。有一只手，像小柴希望的那样，马上把它捡了起来。母亲一声非人的怪叫，滑过少年的耳膜，就像在玻璃房子外面的叫，声音变形缥缈，少年听而不闻。他的注意力只在"小姑姑"那儿。一掌重击之后，"小姑姑"脸上依然是空姐式的微笑，鲜嫩而明丽。然而，极度的恐惧与愤怒，让少年汗毛尽竖。他不知所措。

"小姑姑"目光乜斜，她的笑脸，缓释着古怪的耐心。她眼神飘忽，并不总看地上少年更不看其母。少年防护性地死盯着她。那张雪白的、额角透出青筋的脸，已经被她的笑，搞得丑恶而疯魔。她却时不时斜睨窗外，就像和天上的什么东西较劲。……孩子？嘿嘿……我孩子……窗外或天边的什么东西，似乎一直牵扯着她的魂灵，连小小少年都感到她并不把灵堂，更不把灵堂里的其他人放在眼里——她只是享受着自己一脸叵测的春光明媚，那种兀自明媚的春光，散发着自虐而虐人的窒息感，令整个灵堂，恐慌而羞愧。

……还妈？妈呢，妈……她语气轻微得像自我推敲。

……谁是你妈——谁是？！她忽变得狰狞，并不比她的笑容更恐惧，但整个灵堂都接收到了遮天蔽日的盛怒，灵堂变得更为恓惶、更为声屏气敛。

睁大你的小桃花眼！谁是你的烂逼妈？——小野种，再叫一声试试？

少年当时觉得她的牙齿又白又细又长，长到不像是人的牙齿，而是一种什么工具。少年不认识这个工具，但它的非人感让他害怕。整个灵堂的非人感，也让他不安。他觉得那些蜡烛火苗好像都不会动了。灵堂里大概有七八个人，也许更多几个，他们都像灯下剪影人似的，没有发出一点声音，就像着装整齐的影子。少年冷汗隐隐直冒。他脑中也空无一物，呆望着她又走近自己。走到跟前的"小姑姑"，把脚踏在了少年的肩头。小柴眼光下垂，就能看到自己的腮边，一个尖得像凶器的红色皮鞋尖，一转就可以戳他的下巴。他不敢把那只皮鞋推掉或耸动肩头抖开，做母亲的好像也不敢，她想扶持孩子站起来，避开二次伤害，但不知道为什么，那个十三四岁的少年，就是想拖宕在这个费解的恐怖时刻里。他倔强地下沉着小身子，拒绝爬起。

猩红色的皮鞋尖在少年肩头磨拧，像是

打招呼：来……再叫一声，试试？我们再试试看？

　　少年垂下眼帘，看着腮边的尖头红皮鞋。他觉得它会踢穿他的腮帮。

　　做母亲的无助地大哭起来，她求助的眼神看向灵台遗像，但显然，活人死人都帮不了她。她用埋怨的神色推搡儿子，顺势把自己盖在孩子身上啜泣。她还是想保护少年，但是，少年愤怒地推开了她，他执拗地去迎对"小姑姑"的笑脸。这是孩子气的顽固和对抗，果然，他追盯的那张脸，笑容不谢，糯米牙森森。他们四目交接时，她还对他微微点头。她一边嘴角抽缩，这使她的笑，充满蔑视。少年隐忍的愤怒和悲怆，也许刺激了她。她回眸蹲下，端详少年，一边开始慢慢脱下两只尖头系着脚踝皮丝带的红皮鞋，随着她猛地转身，它们先后飞到灵台长案上。其中，有一只，准确地砸到了死者的黑白大照片上。遗像框倒在了百合玫瑰鲜花丛中。一个深色的剪影人急忙去扶正复位。

女子的笑牙，又白又长又细，它们是那么整齐那么意气风发。少年低下了头。他心里认输了。他感到屈辱，但不知屈辱从何而来，泪水占领眼眶，他勾紧脖颈，努力化解，泪水还是掉了出来。他再次抬头，是被祭奠大厅里抑制至极的群啸尖叫所惊："小姑姑"光脚走了过去，人们以为她是过来取回鞋子，她却拿起刚刚扶正的遗像框，啐地———一口痰，吐在遗像上。她还想再吐的时候，死者遗像框被人夺走。

——只有这一瞬间，少年看到她脸上笑容离场。非常短暂。据说，之前和之后的整个丧礼期，她都在笑。这个后来被牙医小柴一直叫"小姑姑"的人，整整笑过了头七。遗像上的死者，第二天，就被人用油性黑水笔，隔着玻璃，加上了一撇上翘一撇下捺的大胡须，死者本来就是微笑着，这两撇风扇叶片一样的奇怪大黑胡须，使他的脸快乐滑稽，近似小品海报。来祭奠的肃穆人，忍俊不禁又羞愧不安，护持灵堂的人们，这才发现有人作恶。捣蛋使坏的人是谁，人们心照不宣，赶紧重新翻洗了三张，换上并备用着。

牙医小柴后来想，她在给他添加胡须的时候，一定在笑。遗像上的男人，会和她对着笑，那才是他们夫妻最后的告别。他的风扇胡须会东高西低，越飞越快。遗像上笑眯眯的圆脸男人，那时四十五岁，是她风华正茂、富可敌"邦"的丈夫。也是少年的生父。

二

亲历过那样匪夷所思的葬礼的少年，其实弄明白的事，依然非常有限。他浑浑噩噩地去了，懵懵懂懂地回了。最终，他只对女主人，也就是后来被要求叫"小姑姑"的人的笑脸，刻骨铭心。还有遗像上的笑脸也在记忆里沉淀下来了。他看到的都是没有两撇风扇胡须的端正遗像，有意思的是，那个作为他生父的遗像主人，少年还是颇为接受，甚至可以说，挺喜欢他的笑模样。十多年后，牙科专业学校毕业的牙医小柴和"小姑姑"再相遇时，"小姑姑"揭穿了他亲近他"混蛋"生父的谜底——不就是那一堆野种里，只有你长得最像他！牙医小柴从小就知道自己不像母亲，母亲也一直说他比较像父亲。但是，"小姑姑"的揭批，还是让他有点不自在。这里其实就是隐含了自己对父亲的负面评价。成年后的小柴，比参加葬礼的少年，更加忠实呈现了死者的外形：结实圆润的矮壮身材，高弹力的厚臀，饱满的、有点歪的天灵盖，随和的圆脸上有明显的眼下卧蚕。这种卧蚕痕，无须笑，就春意融融，花见花开。一样的偏厚嘴唇，一样的唇痕不清晰，一笑，一样地露出微微内凹的门齿。和牙医小柴不同，父亲爱笑，他有事没事，都能让自己脸上笑嘻嘻的，正如小柴在遗像上看到的积极容颜：那没有唇尖的上唇，圆润厚实的舒展弧线，既乐观又安康。这种笑容会暗示你：没事，有我啊。

也许，这个早早就辞职下海的捞金者，就凭借这海纳百川的快乐笑容庇护，一路佛助魔爱、吃苦耐劳、坑蒙拐骗，不断从胜利走向胜利。

　　"小姑姑"厉声否认十几年前，她在那场"混账葬礼"上曾"一直笑"，她认为她根本不可能笑。她说我半夜鞭尸都来不及，哪里来笑的心情？而牙医小柴，也从不抗辩。即使十多年后，他几乎成为"小姑姑"的恩人，但见到她，甚至仅仅是想到她，仍然如背对悬崖边而立，他依然发怵。牙医小柴一度认为，这内心的空虚慌张，不是他由心而生的自然情感，是遗像上的父亲，在葬礼上传递给他的。他一直在传递，儿子一直在被动地接收。这是，父亲的遗产。

　　母亲说话不讲逻辑，只讲感觉，还总被突如其来的情绪牵引。一直到他湖北专科学校第二学期假期归来，母亲可能预感自己来日无多，才断断续续有一搭没一搭地主动对儿子"忆了往昔"，即使有这样完整讲述的强烈意愿，她的陈述还是被各种感言、臆想、分析与评价切得鸡零狗碎，甚至话头开放到不知其源。当时，

病榻前，她的哥哥、妹妹，也就是牙医小柴的
舅舅姨姨们，一直简约粗暴地阻挠反对她对
儿子说那些"没意思、没屁用"的无聊过去。
但是，母亲，还是不懈努力，见缝插针，给了
牙医小柴一个大致轮廓。

　　其实，十几年前，头七过后，少年就把直
接看到听到的信息，做过一个有关父亲的历史
拼盘。尤其是奔丧回程前夕，母亲在酒店打出
一个涕泪交替的长途电话，假装看电视的少年，
就此获得了许多骨干材料。当然，通话双方，
对于事情背景的熟稔，导致对话的跳跃过大，
少年听来十分吃力。

　　这个轮廓拼盘已经不算孩子气的出手了。
概括起来就是，父亲车祸暴死，一下子冒出了
五个来凭吊的单亲小三——都拖儿带女，据说，
还有两三个没有孩子的女人来闹，当时，治丧
委员达成共识——大部分按"碰瓷"处理了。
另外四五个被母亲闻讯带来奔丧的单亲孩子，
最大的二十岁，女孩，是父亲二十四五岁时生；
最小的两岁半——这个小男孩，出生于四十二

岁的二婚父亲和二十五岁的"小姑姑"甜蜜婚姻的次年。太造孽了，这个时段。这让"小姑姑"尤其怒不可遏。牙医小柴，是父亲初婚两年后的私生子。父亲的初婚，从他三十一岁持续到三十九岁，那时，还没有"小姑姑"，作为陌生的女孩，她甚至可能还没有发育。这八年的第一段婚姻关系里，合法生产了两个比小柴大一岁的双胞胎女孩。少年自己统计下来，在那个非人感的魔幻灵堂上，父亲冒出了有名有姓、婚生、非婚生的后代，有五六个。那些孩子们，彼此也是沉默的。

　　除第一个女孩还在澳大利亚读书外，其他四五个还是五六个，好像都到了。他们有的比小柴到得早，有的来得晚，还有半夜赶到的。牙医小柴以为自己经历了最恐怖的葬礼一刻，但母亲在电话里对旁人说，最吓人的是"小姑姑"和两岁半男孩母亲的对仗。那个夜场出身的单亲母亲即使生了孩子，也依然像个紧致的大学生。她的美丽自信足以挑衅"小姑姑"的骄傲，最致命的是，她竟然是在"小姑姑"和我父亲结婚后的第二年，就有了关系。这个陈述，当众颠覆了"小姑姑"的爱情，嘲弄了"柴邱配"人间仙境的婚姻。"小姑姑"可以不屑、不在意在她之前存在的乱七八糟的女人们，但是，她绝不相信，在她和少年父亲"王子公主"一样的幸福生活里，居然有蛀虫进入。她拒不承认——骗子！都是碰瓷谋财的骗子！

她只承认少年父亲前婚史里的一对双胞胎女孩。她在灵堂上有过非常失态的号叫，夸张炫耀父亲对她的宠溺。她歇斯底里地反复宣称，是她，专享了父亲高天厚地的甜蜜爱情。她当庭铺陈的、民政公章确认的第二段美好婚姻，使祭拜的人们一边偷瞟遗照上父亲纯真无拘的笑脸，一边很不礼貌地悄悄研磨那串爆米花一样的爱情奇闻。而"小姑姑"当堂颂扬的，受死者专宠的爱情往事，成为牙医小柴母亲眼里最天真的笑话。比如：

——如果，我和她掉水里，你先救谁？小姑姑说。

——救你。死鬼曾这么说。

——如果我和那俩双胞胎掉水里，只能救一个，你先救谁？

——救你。

——你撒谎！

——干吗撒谎，她们还会帮我救你，我给她们请了最好的游泳教练了啊。

——那不要水了！改火灾。在火里，只能救一个，你救谁？

——救你。

——为什么不救小孩？

——你也是孩子啊。

——说心里话！不许骗人！

——他们有妈妈，你没有啊。

——柴、永、煌！

——真的啦。我对天发誓，如果我骗人，不得好死。

这个对话，是母亲在酒店学给电话那头听的，不知道是否夸张，因为她也是听人们的主观转述。但是，母亲幸灾乐祸的样子，让小小少年确定，母亲并不像她自己以为的那样难过。

牙医小柴没有目睹那个两岁半娃在场的惊魂一刻。据说，"小姑姑"动了刀。众人围抢，末位小三没有被刀伤到，但是，被小姑姑突然间抄起的祭拜玫瑰花束，横扫了脸和脖子。很多条玫瑰刺血痕，让那女子短时破相，次日涂抹的条状碘伏，让她也有点像丛林战士；最可怕的是，"小姑姑"一度抢过了那个两岁半的小男孩，她要掐死那个"骗子小道具"。即使末位小三，拿出柴永煌抱孩子、柴永煌和小三互喂荔枝等多张亲密合影，"小姑姑"也照样蔑视他们的"狗屁关系"。那个还不怎么会讲话、老是摇头、满嘴"搭搭搭搭"的小男孩，平心说，真的不像我父亲——我在不知情的前提下，在灵堂外，见过她"丛林战士"一样的碘伏妈妈。当时，她捉住男孩，给他擦口水垫后背汗巾——两个女人的对峙，据说非常恐怖，"小姑姑"阵阵狞笑，歇斯底里，要砸那母子俩出去；那个女子不慌不忙，拿着汉显传呼，给周围人看死者曾给她的各种情话；"小姑姑"

再次指令手下打报警电话后，末位小三把小男孩抱到父亲遗像前，指问他是谁的时候，那个不会讲话的男孩，居然拍起小巴掌，清晰地叫"把把把"，一边口水直淌。

那一瞬间，据说静了场。大家都瞪着眼睛看那小家伙的口水垂挂。这个静场，让末位小三忽然悲愤交加，她第一次失态尖叫，说，报警吧，报！我们做亲子鉴定去！

接踵而来的众小三及后嗣们，确实给灵堂带来巨大的震撼，给治丧委员会带来措手不及的混乱。急于恢复葬礼秩序的至爱亲朋们，不约而同地希望或暗暗齐心，共同逼迫"小姑姑"息事宁人、遵从死者入土为安的最高准则。相比那些张狂的小三们，牙医小柴的母亲，成为最通情达理的未亡人。而母亲临终承认自己有愧，说，我把他给我的一大笔流产补养费，偷偷拿去买了缅玉手镯。我生下你，他气得几个月不理我，后来，他还是来看我们了，笑眯眯地看着你，从此，每个月都给足生活费。但他说，逼婚的事，不要想。

三

牙医小柴在往后的岁月里，总是梦回那个恐怖的祭奠大厅。在梦里，他一遍遍、有如初历地重新感受那里的一切：所有的人都没有离去，他们都停在了那里等他。三壁落地的铁灰色墙布，白色的挽联，围绕长桌的、被人摘去黑棕色花蕾的百合花，红得发黑的玫瑰；又细又长又白的牙齿，那个非人感的笑容，猩红的尖头绑踝带皮鞋，一样会踏在他少年的单薄肩头；每一次梦回，都能让他浑身出汗；每一次醒来，都有好几十秒钟，他不能让自己迅速领悟那不过是梦。他的情绪总会被梦里的哀伤裹挟着，随波逐流好一阵子。

梦里，那座永远的灵堂，永远在等着他。那些笑脸，遗像上的笑，那个非人感的、过分明媚的笑脸，都在意识深处潜伏，有如下水道里的老鼠，随时会冒出来。

牙医小柴完成学业后就孑然一身了。求职

艰难。他先是在老家旧矿区小医院，做了三年医师助理，自费完成正畸进修后，他就想下海到外面大诊所里干了。但因为文凭差、资历浅，又没有五年执业经历，他四处碰壁。

和"小姑姑"再度关联上，缘起于他的医专同学阿杜。阿杜拉他去老家一起承包一个牙科诊室。那正是牙医小柴当年为生父奔丧的陌生的省会城市。说是省会，承包的诊室，实际是一省城下辖的镇卫生院里的牙科室，后来景区开发，那个叫四盆水的小镇才有了大知名度。那小镇，自古以来，被一条美丽的山涧溪水围绕如内陆半岛，漫山遍野都是漂亮的竹海。牙医小柴去的时候，刚刚改名为四盆区。外地游客叫它四盆水景区。

镇卫生院是个陈旧的两层 L 型砖混平顶楼。虽然临街，但临的是一条破旧大街，来往的大都是为生计忙、为蝇头小利而开心的苦穷人。承包的牙科诊室，是承包人自掏腰包、自己动手装修的。它明亮简陋干净，却基本无人问津，长时间生意惨淡。牙医小柴和牙医阿杜，靠低价拉客、高质服务，苦撑苦熬到第二年的夏天，诊所才像终于长了根的水培植物，渐渐活旺起来。暑假过去，牙医小柴拿到了一万多的收入。秋天就突破了两万。到承包一周年的第三个月，牙医小柴的收入，是开张第一个月的十几倍。他还掉了承包金、诊室装修分摊款、X 光机等设备款和正畸进修费用。

有一天，牙医小柴接到一个电话。一个喑哑的女声。

"问一下，我不一定做。"

牙医小柴说，没关系，我正好有空。你慢慢说，看我能不能帮到你。

"我是估计你没那个本事。"

牙医小柴说，没事，你先说说看，能的话我尽力。

"有个鬼把你胡吹成华佗——哼（或者是嘿）。华佗呢。"

牙医小柴连忙谦虚否认，他心里对这个喑哑声音，既好奇又嫌恶。

"没有一个医院敢接（诊）我，省里市里

上海北京日本牙医。你个乡下卫生院的小牙医，那些鬼居然硬说华佗转世……哈哈哈哈……"

牙医小柴确定对方是个精神病。他放下电话。电话马上就愤怒地响了。牙医小柴狠狠抄起电话，声音却不敢不温和。果然还是那个暗哑女声：

"你挂我电话？！"

"……呃，问你病情你又不说，我没有时间陪你聊天啊。病人在等。"牙医小柴保持的最后一点理性，挽救了这个不好的发展势头。

"你老实说，你敢给高血压、糖尿病的人拔牙吗？"

牙医小柴傻了几秒钟，耳朵里立刻传过来嗤嗤嘲笑声："不是华佗再世吗？我看你——也是个屁。"

牙医小柴在极大的忍耐中，和风细雨地解释了高血压糖尿病的高危所在。也终于问明白了，她说的"那个鬼"——那个推荐人是谁。

暗沉女音的轻慢语气，嚣张自负的挑衅情绪，都没有让牙医小柴唤起少年的记忆。当然，喑哑的女声，只是按她自己的心情发声，她也不可能想起十几年前，在一个特殊场合，她给了一个可怜巴巴又倔强讨嫌的少年一记大耳光。

那个"鬼"是个搞水电还是五金什么的老板，小柴记不得了，反正是个老板。几个月前的一个晚上，牙医小柴要关门时，他进来了。手捂着腮帮，眉头皱着，一脸痛苦的吃人表情。一个像跟班的机灵的小个子年轻人，帮着解说，我们老板牙疼大发作，能不能赶紧帮他止疼？大医院里面现在没有值夜班的牙医。看到小柴没有马上说好，那个"鬼"骂了一句粗话，说，快给我弄弄看！人家说你好嘛！

牙医小柴还是暂缓关门接了单。那个"鬼"，真不是好鬼。口腔清洁度太差，可能刚撤离酒桌，张口就腾蹿出潲水缸的味道，一股尖锐的脓腐臭鸡蛋味，牙医口罩根本挡不住，小柴顽强抵抗住阵阵反胃，终于像探矿一样查明，那颗痛牙 16，有个隐蔽瘘管。牙医小柴做了常规的扩根封药处理，收了十块钱。那个鬼，后来知道是姓邱的男人，回去说当晚就不痛了。几天后复诊，瘘管已经消失。

对于牙医小柴来说，那个患者给他最深的印象是，一张逼人的臭嘴，还有他的奇怪感谢。隔日复诊时，他进诊所连声高呼的不是谢谢噢谢谢，而是——十块钱！——十块钱！他的呼叫致意，惊扰到好几个就诊病人。这是个有点钱的个体老板，他完整的表达是，痛了我一个多月的牙，你十块钱就治好了它！不得了哇！他说，他在市里去过各种大诊所，看过各种名医、家传老牙医，吊过针、吃过药，煎服了六七帖中药，统统没有用。他家的保姆推荐他来这里，但是，他一直觉得保姆能推荐什么好东西，肯定是屁一样的乡下牙医。没想到，"你这个鬼，还真是神医啊"。邱总是一个忙碌的生意人，之后，他把自己所有的不良牙齿，都交给了神医小柴，而且再忙，复诊也基本随叫随到。

邱总是声音喑哑的女人的亲戚，有一天他向她推荐了牙医小柴，那时，她已经牙疼了快一个月，有颗牙（45 前磨牙）欲掉不掉，近一个月来，没有一个医生愿意拔她的牙。但是，邱老板的建议和邱老板保姆当时的建议一样，在她听来也基本和放屁差不多，她根本看不起：那不起眼的破卫生院，那被人承包的小牙科室，那些穷得狗急跳墙的小牙医，算什么屁东西啊。

她的 45 牙，一直在疼，就是不掉落。平时钝痛，时不时会突然炎症发作，或者触碰不慎，就会痛得让人发疯。给牙医小柴的这个电话，就是 45 牙大痛发作时打出来的。

牙医小柴问明情况，也一口回绝，他拒绝了她——准确说，附带条件地拒绝：如果她不按他要求一一做到，那么，他也不敢给一个糖尿病、高血压的人拔牙。

四

通过声音，牙医小柴推断那个女人不年轻，但第一眼见到她，他没想到，那完全是个面目可憎的老太婆，等他明白这竟是他叫过妈妈的、后来改叫"小姑姑"的女人，简直有被雷劈的感觉。他难以相信自己的眼睛，无法理解眼前这阴沉而衰老的形象是怎么生化出来的，也不过就是十三四年的时间啊，当时她最多二十七八岁呀，怎么能有这样的断崖之变？要知道，小牙医一直在这十三四年来的记忆里轮回，那个灵堂，一直在他脑海里自动刷新。多少个深夜，小柴不断梦回那个祭奠大厅，那里的人一一在位，他们都没有老去。那只猩红色的尖头绑踝带的皮鞋，依然踩在他瘦小的肩头，依然刺眼地嚣叫着青春和愤怒。在梦里，它们也从来没有褪色过。也可以说，少年根本就没有离开过那里。所以，这个对比太震撼了。

十三四年，对有些人来说，真的可以是大半辈子吗？

学校毕业至今，牙医小柴也有四五年的从业经历了。职业使然，他对人们的笑容、表情状态，有着病态的职业敏感和研究习惯。他知道，牙齿的好坏，不仅仅影响容貌美丑，更掌控人的情绪表达，他甚至可以通过表情，反推牙齿的好坏。牙齿问题多的人，面部表情一般不自然，神情往往抑郁。甚至年纪还小，人的心理已经被牙齿好坏所左右。他见过一个断了门牙的十龄男童，不断地以手掩面才能回答医生的提问。在老师那儿，他还见过一个二十多岁因为牙周病，几乎失去了整口牙齿的小伙子，那个无牙的青年，委顿、抑郁、卑怯，一副欠揍的窝囊脸，开口或者不开口，他都那么小心翼翼。但他自己坚持认为，他天生不爱笑，牙只是一方面原因，更主要的是"外面没有什么好笑的"。老师对学生们说，别听他的，只要给他换一口好牙，他的人生就会发光，就对谁都容易笑。

老师有一篇关于笑的宏文，据说灵感来源于梦境。在老师的梦里，所有的生命都亮如蛛丝的光。每个人就是一丝光。不笑的人，那丝光就不清亮不透明，就像捂了盖子，连通不到天光。而牙齿，就是那丝光的盖子。真正的、由衷的生命喜悦，会让光丝透亮、接千载、连万宇、和光同尘。老师还说，除了恶牙、恶念，没有东西能让生命不再透亮。梦的尾声，是看不见光丝，只有遮天蔽日的黑线，像漫天的黑雨。老师给的解释是，牙和恶念，制约了生命的光华。他勉励弟子，牙医有能力让人间发亮。

柴永煌的遗照上，他笑得很暖和，但是，他门牙微微内陷，犬牙13、23都偏尖，算不上一口好牙，不过，他应该算拥有一个不错的人生了。如果用路桥来比喻人生，那么，大部分人都是平面马路、草地小道而已，而柴永煌的人生，至少是一条丰富的立体交叉桥路。

牙医小柴一进入那个金丝竹篱笆围绕的小院子，窗帘边的"小姑姑"就认出了他。应该是他们父子长得太像。成年后的小柴，简直就是柴永煌的翻版。读书时，初上社会时，他还比较清瘦，承包牙科后，压力太大，小柴变胖了，这和父亲更是有如翻模拷贝的效果：结实圆润的矮壮身材，高弹力的厚臀，饱满的、有点歪的天灵盖，随和的圆脸上，有明显的眼下卧蚕。这种卧蚕痕，无须笑，就春意融融，花见花开。一样的偏厚嘴唇，一样的唇边不清晰，一笑，一样地露出微微内凹的门齿。

牙医小柴对着客厅茶桌边看他的老妇人礼貌地笑着。老妇人没有回应他的笑容。把他带进来的下人模样的人掩门退出，硬木底的拖鞋，在门外的石阶上"笃笃"远去。小柴一时尴尬不适，因为，照常理，作为患者和主人，妇人应该主动和他打招呼，告知自己的害牙情况，而那个老妇人只是扭头看他，她打量他的寡淡样子，就像看一个值不值得施舍的乞丐。她连起身的意思都没有。牙医小柴当时感到，她是对他的医术毫无信心。

看在出诊费很高的分上，牙医小柴只好自我热烈地进入工作状态。他笑着，指着窗前的躺椅说，那是我说的躺椅是吗——OK，请您躺上去吧，让我看看您的牙。哦插座在哪儿？我需要这个灯照明。小柴举着自己带来的灯。老妇人这才站起来，背倒不厚，两肩却窝着，看起来像一只松散羽毛的鹰隼之类的大鸟。她踱到牙医小柴跟前，并没有指明插座位置，而是偏着脸，更加仔细，也可以说是目光轻慢地扫视牙医。对于医生而言，这是非常不礼貌的病人表情。牙医小柴在尴尬中，抵御着接收到的蔑视和轻微的屈辱，医患双方就在这样的站位中角力。

老妇人就这样专注又充满蔑视地扫描着他。他以职业的敏锐，看到了老妇人眼眶里，浮起一层清亮近无的水光。老妇人没有任何脂粉的脸，像一块放久的老姜。她额头高宽，但不饱满；眉毛短促却不协调地兴旺，尤其是两边眉头的眉毛，逆生勃勃，几乎有在眉头打旋的气势，这使她脸上有一股不屈的犟气；两边眼袋不算大，但上面都有沟痕，就像蝴蝶上下翅膀分割，蝶翼状的眼袋之间，挺立着锋面锐利的瘦高鼻子，难怪给小柴鹰隼的感觉。此外，对于牙医小柴来说，很重要的，她的脸，右腮略大于左腮，软乎乎的垂坠感，这该就是45牙的炎症痕迹。

你父亲叫——老妇人说，柴、永、煌。

几乎就是妇人开口的同时，牙医小柴的记

忆也连通了十多年前的祭奠大堂。是的，那偏脸看人的恶习，乜斜刻薄的鄙睨，那又细又白又长、非人感的牙齿，都在驱散岁月模糊的淡雾，呈现出记忆通道的指路标志。它们使灵堂比梦境更清晰。牙医小柴脸色发白。这个女人非人感的笑容，唤起他腮帮的少年之痛，不仅是大耳光，还有那只踏在肩上尖头的红皮鞋。面色青白的年轻牙医，控制不住由内而出的轻微战栗。身体的不适反应，让他更加难堪和愤恨，但他茫然地看着老妇人：周围的一切都有点变形，这一瞬间，时空虚幻而幽暗。

他还是点头了。但也因辨认出了对方且心绪黯淡，他压根不想再问什么。老妇人却一脸尖刻的自得。拿过老妇人给他的几张检查单子，他边看却边在开小差：十三四年吧，是什么让一个年轻的女人，直接变成风干的老妇人呢？

这个朝南的客厅，一下子安静下来。牙医小柴往插座插线的身影，在落地窗里的阳光下，佝偻着移动。仿佛识破妖精的成就感，让老妇人悠然地把自己放在躺椅上，空虚而满足的目光散看着天花板，令牙医小柴十分生厌。掌灯的临时助手还没有到，牙医小柴一手持灯，一手持镜，粗略看了个大致。炎症消退了，45牙松动得就像深秋树上的干枯残果，拔除它，应该没有问题。老妇人的心电图、血常规报告单、血糖检测报告，也都显示她的身体在五个月以内是稳定的。这是她和牙医小柴的第一通电话的医嘱结果。两个月前，第二通电话，牙医小柴说，如果这些指标，半年内都是稳定的，你到哪个医院，医生都会帮你拔掉这颗牙齿的。

声音喑哑的电话那头，传来几乎是幸灾乐祸的尖厉叫声：就找你！

牙医小柴当然听出这邀约里，没有一丁点感激与信任。他觉得自己更像一个被猎捕的对象。可以想见，对方大概是个被害牙逼疯、仇恨所有牙医的变态狂。这么想着，医患连接也就由此莫名达成了。两个月过去了，这前一天，接到了她的期满电话，而牙医小柴承包的小科室，已经在一个月前被镇卫生院突然收回。院里倒是想收编他们，并承诺给他们干部指标，所有的设备也可以都按原价回收使用，但是，牙医小柴和阿杜，在承包的两年多里，品尝到了艰难起步到蒸蒸日上的好滋味，再让他们回到领工资的身份，完全是不可能了。心野了，翅膀又般配地硬了。阿杜准备先去深圳，女朋友家族想让他过去帮忙，利用这个断片时间，他先过去看看情况，应付一下；而牙医小柴，一直有一个高端的个人牙科梦想。四盆水镇五星广场门口有一处，比较便宜；省城摩尔大商城，一个客户介绍的朝北朝湖的夹层店面，位置好，各方面条件也不错，就是大而贵，牙医小柴吃不动。所以，这些日子，在四盆水，他一边在考试，一边注意新址考察，基本上一周干之前两天的活，主要是针对那些复诊患者。X光机、牙椅等设备，都放在阿杜家，有约，就过去集中处理一下。其他时间，都在考察选址中。声音喑哑的女人来电话时，牙医小柴说自己已经没有诊室了，他在婉转拒绝，让她去别的医院。那个女人嘶叫起来：让我白等？！

牙医小柴屈从了。

　　奇怪的是，张大嘴巴，妇人嘴里的牙，并没有牙医小柴感觉的那么细、那么长、那么白。牙龈毫无萎缩，牙周整体情况尚好。临时助手从阿杜家带来了麻药针筒、消毒碘伏、卫生棉球等拔牙工具。拔牙的时候，老妇人基本算配合，麻药一起效，牙医小柴就三下五除二，眼明手快地把那祸害她半年的45牙，连根拔出。止血情况稳定。看着那颗害牙，小柴屡屡疑惑，即使连根而出，它也是正常的长度，可是，为什么这些牙，组合出她的笑容，或者说咧嘴露牙，总给他不安的非人感呢？

　　纳闷的感觉也不止于牙齿，处理牙齿的过程中，老妇人开始显得比进屋初见时年轻一点，仿佛有一种光，正在帮她剥脱岁月蒙上的尘灰褶皱，衰朽寡淡疏离排斥感，也像牙结石一样，被时光钻头瞬间磨去，也可能就是牙医自己少年时的眼光，重新把他引领向他少年时眼里的"小姑姑"。小姑姑仰躺头发后掠，她颞部和颧骨之间有一条蚯蚓似的条状鼓起，如蜡一般质感发亮；她的左手背手腕处有另外一条"粗蚯蚓"，这一条更鼓凸，看起来手腕上像缝了一条小肠在皮肤上。牙医小柴脱口而出，你疤痕体质啊。

老妇人睁开眼睛，她听得懂小牙医所指。她重新闭上眼睛的时候说，我的身体记仇。

小助手有课，赶着先走了。牙医小柴和躺在椅子上闭目休息的妇人，依然默无声息。老式的方格子木地板上的阳光呈焦糖色。牙医小柴觉得小院四面的金丝竹，维护了一个令人不安的发黄时光，就像围住了一张旧照片。又测了血压，足够的观察后，确定没有问题，牙医小柴便交代了一二三四注意事项，准备离去。那个硬底木拖鞋的声音从院子外渐近地传来，他来得正好。他进来时是空手的，但不知从哪里拿出了一个信封。牙医小柴接过的时候，里面的分量感，让他由衷表达了关切和谢意。

当然是微笑着，下眼睑的两道卧蚕，使他的笑温柔而光辉，就像从心灵深处的清泉边冒出的水仙花。这不只是礼貌，而是令人安适的祝福。就是这个时候，连那个穿硬木底拖鞋的人也想不到，已经起身的妇人、嘴里还咬着止血棉球的妇人，忽然，一个巴掌甩在牙医小柴脸上，这个位置，和十几年前一样，引发的脸涨耳热的疼痛，也和十几年前一样。

牙医小柴张着嘴，手慢慢捂在脸上。他眼睛睁得很大，张皇困惑地看那妇人，显然，老妇人也为自己的行为所困，她有点吃惊，但更明显的是局促与惶惑。牙医小柴拼命控制自己，忍住了还她一巴掌甚至两巴掌的冲动，最后，他只是狠狠抓住了她苍老内卷的干瘦肩头。

那个该叫小姑姑的人，不等他抓住她，一点老泪，眼药水一样流淌而下。但这只是她一瞬间的脆弱，马上，她扭脸走过他，径直往二楼而去，那个单薄的、双肩内卷的虚弱背影，依然布满傲慢与蔑视。这个恶毒的孤傲背影，蹂躏着牙医小柴的心。他咬紧牙关默默拿起工具，开门而出。金丝竹小院的院子铁门反锁着，他试着操作开门，竟然打不开。他有点躁狂，硬木底的拖鞋声，援助而来。那人行云流水般把三张百元币，又塞在牙医小柴手上，同时为他开了门。

在牙医小柴的脑子里，他已经把钱狠狠撕碎，摔在风里，再对屋子方向恶狠狠啐上一口，但其实，他没有，他只是把钱狠狠捏紧，再捏紧。尽管屈辱、费解和愤怒。他失态地吼叫了一声，用力踹了一脚铁门。

那个穿硬木底拖鞋的人对他略微点头，像是礼貌的道别，也像是对更多隐忍的理解。牙医小柴意犹未尽，又狠狠踹了一脚门。

五

牙医小柴从小就觉得母亲是个大嘴巴。回望童年到少年到青春初岁里，年年月月填满了她的声音。她很容易交朋友，也很容易对朋友丧失信赖，不过，她一生挥霍不掉的热情、贴心和轻信，依然使她还是会交结许多新的朋友。她一个普通单位的大龄小会计，因为车辆剐蹭（她的自行车和柴永煌的汽车剐蹭）就和一个男人有了一夜情，有了牙医小柴，简直莫名其妙，但小柴对此毫不怀疑。他母亲完全是可以这样打开人生页码的人。她说，她这辈子从没有见过，比他父亲更爱笑、更慷慨的男人。她把那个车祸，形容为幸福的人生撞击。好吧。好吧。写作业的小柴，喜欢集邮的小柴，寡言少语的小柴，被母亲和朋友们带去吃麦当劳的小柴，不止一次、不止十次，听到母亲的新朋旧友听了她的单亲浪漫故事，都会用"好吧""好吧"来喟叹她的幸福往事。

也不是说，母亲就丑到出嫁困难的地步，在牙医小柴两三岁的时候，母亲还差一点被一个退休工程师娶了。但是，他们家风不太好，几个成年子女都守约似的，不给小柴母子一个笑脸。即使柴永煌暗地里塞了一笔还可以的陪嫁费，也没有更坚固那个婚姻。那桩婚姻维持到拿证后不到两个月时间，就吹了。母亲对自己家人说，无所谓，本来就不可能再遇到笑起来这么让人安心的男人。

噩耗传来，母亲带小柴赶往柴永煌家祭奠的时候，她也和主妇"小姑姑"一样，遭遇了顶级的情感霹雳。她也和"小姑姑"一样，从未想象过这"笑起来这么让人安心的男人"，竟然有这么多有子女的女友啸聚灵堂。奔丧的去途，她还是很单纯的。因为她从来就知道，柴永煌不可能娶她，这是第一夜就明确的事项。关于孩子，柴永煌铁板钉钉地说：这个孩子——我们说好流产掉、你拿了钱却违约偷偷生下的孩子，我再恼火，也会对他负责。这就是结果。没想到，牙医小柴一天天长成最像父亲的人，这让柴永煌措手不及地被吸引了。小柴后来明白了，母亲火急火燎奔丧，祭奠亡夫是一回事，但更主要的，是为了儿子的权利，是去讨生活，是去落实未来的。父亲几次说过，会培养他出国留学的。

　　一到祭奠前堂登记处，牙医小柴的母亲就陡转心虚。母亲后来在酒店里抱着电话，对那些知心朋友们控诉说：简直太可怕太疯狂了！人家说，又来一个！这个孩子比上一个更像。她说，她完全没有能力理解现实——她怎么也就成了一堆职业小三中的一个？我一个这么独立自爱、博览群书的女子，怎么就和那些轻浮女人一样，成了乱七八糟的入侵者？牙医小柴推想，那个荒唐的时刻，估计只有他母亲有那个想象力和胸怀，让儿子叫正房"妈妈"。她不切实际的天真烂漫、自以为是的换位尊重，正是自取其辱的原因。

不好理解的是，牙医小柴发现，母亲始终没有怨恨生父的任何话语，是死者为大，还是她早就知足死了心？临终前，在舅舅姨姨的反对下，她一个人坚持说完了给儿子的单身母亲的爱情童话版，最后一句依然是乐观向上的：承蒙老天厚爱，你虽然没有获得多少遗产，但是，他们任何一个，都没有你像他。他的笑容，是这个世界上最好的东西。儿子，你得到了呀。

大姨说，神经病。

二舅说，呸。

六

把牙医小柴瞎吹成华佗转世的那个"鬼"

邱总邱来琦，最后一次来复诊，是一周后。也许是怜悯小牙医诊所被收回的落魄，也许是正好时间宽裕，他喝着阿杜母亲泡的老茶梗，满嘴陈香，对牙医小柴说了很多真假难辨的八卦。牙医小柴知道那老妇人是他的堂妹后，便把他的八卦当了真。挺明显的，大概他们邱氏族人，有一个共同的人生看法，并用同样的指代方式，表达出来。刚开始，老妇人说，"那个鬼"举荐他时，牙医小柴不知所指，后来几次邱来复诊，牙医小柴对邱张口闭口的"鬼"指称，也是脑筋频频短路跟不上趟，比如，他陈述一件事情，有几个人参与。他是这么表达的："那几个鬼都在场，某某局一个，某某水运公司一个，某某街道办一个"，或者"那个鬼，根本不值得信任"，又有"这是我他妈见过的最不要脸的鬼"！

老妇人叫邱美丽，是邱来琦唯一的堂妹，也是邱氏家族最漂亮的后代，说是当年以全省公开招考第一名的成绩，考进航空公司的头牌空姐。"那时候，哪有后门可走？一个鬼都不认识，就是硬碰硬。"

老邱说到一个黄段子，牙医小柴把刚送进嘴的绿豆糕笑得粉喷出来。他尴尬地寻纸巾揩拭。老邱却不笑，只把粗梗茶喝得吧嗒、吧嗒格外响，果然，放下茶杯，他又起一个故事的头：有些鬼东西，你不得不佩服，我有个朋友——老邱看了看手机时间，仿佛是由时间确定给牙医小柴是讲详版，还是简版的故事——这个鬼呢，人不算坏。帮过很多人，也帮过我。他这一辈子，真是叫贵人多、桃花旺，我是彻底服了。矮矮的个子，老邱比画了一个与他同肩平的高度，肯定没有我帅，但是呢，他到处都有女人缘。酒店大堂那种旋转玻璃门，你知道吧，他和一个女大学生同时转进一个格子再一同转出来，好，搭上，开房；去医院割个盲肠还是痔疮什么的，小护士，又搭上一个；开车不小心撞了骑自行车的女人，才出急诊室，马上就搞上；这鬼去幼儿园接小孩——一辈子就接那一次，好，幼儿园老师又到手了——出门捡钱都没有他捡女人概率高！死的时候，哇哈！一大堆女人冒出来分财产！

就是有点钱嘛。牙医小柴悻悻地，语气有点阴阳怪气。他当然猜出"那个风流鬼"是谁了。邱总反驳说，也不能这么说，有个空姐为他放弃一个比他有钱的香港老板，就不是图他的钱。

那她图什么？牙医小柴说。

唔这个，只能叫见鬼了。空姐说——图他的笑。邱总笨拙地耸了耸肩，这个动作，出卖了他并不理解的态度。但邱总还是说，反正是跟钱没有关系，那空姐不是胡扯蛋的人。说当时，女方家里坚决反对她放弃香港老板，找个二婚的矮子。空姐一根筋就不拐弯。家里人就偷偷托人把她和我朋友的照片，给一个看相高人看，高人一看就摇头，说男的下巴凸翘、卧蚕深刻，怕是风流债重，且人中平短，耳垂单薄，恐怕英年早逝。再看女相，眉毛逆生、眉头带箭，这辈子逆境多于顺境，前半生多在是非、失望中。婚事谨慎为好。但女的根本不信那些封建迷信。不过，后来看，好像全部说对了。

　　邱说他朋友是倒爷起家。20世纪80年代，摆过地摊卖衣服，后来就倒丝袜、电子表，再后来就倒录像机、影碟机。倒来倒去，暴利滚滚，几千块的录像机，倒到四川卖到两万。后来跟物资部门开除的什么人干，更是旺得不得了。他跟空姐说，都是她旺夫运强。邱是这么形容他朋友的兴旺的：他的死一下子成为特大新闻，才四十五岁嘛，刚刚评为市里什么十大杰出青年，优秀青年企业家什么什么的。那鬼长得也偏年轻，反正看起来就跟你现在差不多的样子。所以死的时候，没有人不震惊。男人啊，兄弟，成不成功，就看你死后多少女人来祭拜你。你不知道那灵堂场面的乱啊！在野的女人，执政的女人，小一小二小三小四，国内的孩子，国外读书的孩子，最大的二十一岁，最小的两岁。那些傻女人，好像谁也不知道其他女人的存在，她们互相生气互相蔑视，个个都在证明自己的孩子才是正宗——那一个祭拜灵堂，肯定是世界上出警最多的灵堂。警察都快气哭了。那些本来挺悲伤的兄弟朋友们，就像看小品一样，躲在厕所里边撒尿边笑得发抖。看看人家短短的一辈子，却死得像帝王。兄弟们都快羡慕哭了。

所有的女人都在算计他的钱，只有他老婆，算计他的笑。

笑，也用"算计"这个词？牙医小柴很费解，但邱总把手包夹在胳肢窝下，站了起来。

最后这杯喝了吧。牙医小柴说，女人怎么这么傻呀……

不傻怎么当女人？女人要不傻，男人早都死光了！邱总一饮而尽，大步往外走，一边大度地挥挥手喊，别急，小子，你也有机会。女人都爱你这样有钱又爱傻笑的男人。

牙医小柴为新诊所弄得身心疲惫。他联系到了省城一个女同学，游说了很久，她决定向亲戚借钱，然后辞职，和小柴一起在摩尔大厦夹层合作开诊所。她名字都起了好几个，小柴却一直没有办法落实投资款。他急需钱，邱总很狡猾，在电话里说，我可以帮你搞点装修，但我缺的就是现金流。就在牙医小柴焦头烂额心灰意冷的时候，邱美丽打了他的电话，因为她右大牙裂了一小片，小片却没有掉下来，一触动，死痛。她要牙医小柴马上到。牙医小柴一口拒绝，说自己没有空。但是，他隔日一早主动去了，还带了一大捧花农在路边卖的茉莉花，一路嘴边都自然浮现着他父亲式的笑意。

在早晨田间剪下的一阵阵茉莉花香里，他满打满算能借到她的钱。怎么没有想到她呢，他甚至想，老妇人还会向他道歉。她打过他两巴掌，道歉是完全应该的，这是她亏欠他的地方。那样，他就可以提出多一点的借款，或者让她以投资的名义注资也行。这都是合情合理的，他有点理解当年他母亲让他叫妈的恢宏心意了。现在，如果她愿意，他完全做好了叫她妈妈的心理准备。

她当然是有钱的。她的钱是他父亲柴永煌挣来的。

在那个金丝竹院子里，他再次帮老妇人解

除牙患痛苦。但那个叫"小姑姑"的女人，根本没有露出一丝道歉的意思，她只是让家里的老保姆给他端来了红枣莲子羹。这是上次没有的待遇。她似乎对给他的每一个巴掌，不是健忘就是心安理得。"小姑姑"显然丰润了一些，气色略好，应该是患牙清除后，能正常进食带来的改变。这当然归功牙医小柴。但老妇人既不说谢谢，也没有一丝道歉之意，而牙医小柴，因为心怀鬼胎，也因为天性随和，始终保持自发自动的热忱，和她积极聊天。他不敢贸然夸她变年轻变美了。而聊几句他就看出来，老妇人人鬼不分的混乱指代，比她堂哥邱总有过之而无不及。她基本也是把这个人、那些人，都替换成"这个鬼""那些鬼"。柴永煌更是"骗子鬼""短命鬼""恶心鬼""流氓鬼""贱骨头鬼"的大本营。

这一次，"短命鬼"柴永煌是回避不掉的话题。

牙医小柴自以为踩准了借款时机，当时，老妇人指着他说，长这种脸的，都该去死。牙医小柴厚着脸皮笑着说，我死了，谁来照顾小姑姑的牙齿？老妇人果然敏感，她像起了鸡皮疙瘩一样，狠狠啐了一口，而且，她拿茶杯的手臂已经微微抬起。牙医小柴惊惧地闪念，她又要给他一巴掌，也许，她想泼他一脸茶水。但是，她却闭上眼睛，单薄的胸口有了一下明显起伏。牙医小柴已吓得噤若寒蝉，他确实害怕了，想要逃走。

你家那个自作聪明的近视鬼，现在应该更胖更丑了吧。

知道小柴母亲已去世多年，她嘴边浮起一道轻快的弧线，目光虚空却隐约哀伤。牙医小柴以为自己唤起了她的恻隐心，所以，他从母亲的话题巧妙拐到了自己的计划，请求她借款或投资。老妇人突然大声笑起来，夜鸟一样的刺耳笑声，让牙医小柴再次感到她嘴里又白又细又长的非人感牙齿。他终于意识到，它们所以给他非人感，是因为它们从来不是为了喜悦而展露，而是隐藏的凶器。

牙医小柴站起来，沮丧感和仇恨感，如烟

雾一样满胀胸膛：这个恶妇，看来是不会支持他的。他准备离去，但是"小姑姑"却抬起二郎腿的足尖，游戏般，点踢着他的膝头：也可以呀，六十万无息借你。如果合适，我可能再追加投资。你们不是都很想叫我妈吗？！好，有个条件：你先拍一百张笑脸照片来。就用你父亲送你的照相机，你照去！一百个人的笑脸，真正开心的笑脸——绝不是柴永煌那样的，也不是你这样心怀鬼胎的——你给我拍真真正正的笑脸来，一百张，拍来，我马上打钱给你！

牙医小柴一时喜出望外——这算是什么条件？随便！牙医小柴笑得比柴永煌还柴永煌。笑脸照片，不是随手可得？求学求生行医多年，除掉坏牙，解除牙患，他见过多少开心的脸，还拍不到一百个人的普通笑脸？

"小姑姑"说，必须是陌生人的笑脸，自然的、真心的。被拍人认可自己的笑脸是由衷笑的，就签个字。如果不认可不乐意，被拍摄人可以"撤销笑脸"。牙医小柴马上就想到，可以到相声小品剧场展开拍摄，那里有多少人笑得前仰后合，开怀到爆炸，但是，"小姑姑"一眼看透了他：不许到讲笑话的地方拍，那里的笑，和胳肢窝咯出来的笑一样，它是临时的、空心的笑。笑完他自己都会忘了为什么笑。你要给我看真正的、从心里面出来的笑。

理解。明白。没问题。牙医小柴如捣蒜的脑袋，一下一下被他控制得缓慢稳重。

其实，牙医小柴有点困惑，但他审慎地没有流露，他怕他不恰当的疑问，会让她不信任或不高兴。"小姑姑"看起来志得意满，仿佛设好陷阱的猎人。之后，她像赶苍蝇似的挥挥手，示意他走。牙医小柴走到门边，听到身后传来不无作弄感的轻快声音：去拍，去拍！拍好了，我直接加钱改为投资款，我可以写到我遗嘱里！

牙医小柴忍不住回看了她一眼，笑眯眯地甜腻腻地挥挥手。

——滚去，老妇人把嘴里的牙签啐了出来，少给老娘看你的鬼笑。

七

　　急于弄到钱的牙医小柴，行动迅速。父亲车祸前给的那个第一代数码相机，当时可能非常昂贵，现在也像古董了。这事是有点莫名其妙，但也符合老妇人的乖张品性。总归是一个弄钱的机会。牙医小柴觉得自己绝不能放弃。

　　麻烦的是，现在没有诊室了，就没有方便开展的平台了。思来想去，牙医小柴先去了西街。那里有三个女子合租的店面，她们分别在里面各居一角，一个卖女性内衣，一个帮人改衣服，一个专制窗帘、被套。因为先后两个女人的牙都治得非常满意，结果，她们就自动成了牙医小柴的义务广告员。三个女人人缘很好，都是乐观热情，极爱说话的话痨八婆。她们把他的名片贴在店墙上，顾客但凡有说牙疼不适，三个人立刻七嘴八舌、联手举荐小柴。牙医小柴很多顾客竟然都是由她们介绍来的。小柴后来还转了几次他自己也吃不完的、病人赠送的各种地瓜、玉米、橘子、笋干等土特产给她们。

牙医小柴在店里，抓拍了几张她们招呼顾客的笑脸照片。没想到，印出来，她们都不满意。一个说，这笑得比哭还难看，"自然"有什么用？一个说，我笑得太像奸商啦！一个年轻点的说，丑死丑死。三个女人问：你到底要照片做什么呢？牙医小柴又重新解释了一遍，最后，她们还是拒绝在照片后面签字。三个女人，就像传染病一样，一个不肯，个个不肯。小牙医有点生气，觉得她们轻浮敷衍。但她们安慰他说，照片是真的，笑也是真的。但是，这代表不了什么，所以，签字就没必要了。

就好像我们可以说话聊天，什么都可以说，但是，你不能录音。她们解释。

对呀，我们又不是大明星。录音、签字好像打官司一样。

不签字我就白照了，就等于你们撤销笑容了。

三个女人一起说，那你就撤销吧。

牙医小柴在西街，还拍了几个人，他们的笑容稍纵即逝，只有一个小男孩抓拍成功。他让他妈妈写地址，年轻的母亲同意了，留下了龙飞凤舞的幼稚签名。但是他请求他们母子再合拍一张，母亲摇头了，说，我笑起来丑。小柴说，哪有啊，会笑的人都是美的。你笑起来非常美。

年轻的母亲抱着男孩子就走了。她的拒绝非常干脆。

这个时候，牙医小柴才明白，这个任务并不是他以为的那么简单。他终于隐约意识到，老妇人比一口拒绝还坏，她是成心作恶刁难他。恨意却激发了牙医小柴的斗志，必须拿到钱，何况，这本来就是我父亲的钱。必须挫败老妇人。他终于想到了一个大贵人，一个曾经找他畸正牙齿的小有名气的摄影师。摄影师说，他已经转行拍婚纱。他们约定了见面地点。牙医小柴就早早过去等他。

十字路口，镇邮局外面有个小夜市，晚上比较热闹，卤味红灯，人影憧憧；白天就冷冷清清，地面是清扫不净的油污痕迹。牙医小柴选了个方便看往来行人的交通遮阳伞的位置，恭候摄影师。

等人的时候，他有了大发现。之前，他以为人们不笑都是因为牙丑或者牙痛。等牙齿改善了，人们就爱笑了。正如老师说的，牙医使这个世界上的笑脸多了。但十字街头的长时间观察，他发现，南来北往、男女老少的脸，几乎没有笑的。有的人似乎刚刚受了气，拧着眉眼；不少人含胸驼背，赌气似的阴沉；有人勾着脖子犟着脸，感觉不是丢了钱包，就是没有钱包可捡而生别人、生地面的气；有的人不明就里地很不耐烦，暴躁着；有的人就是满目凶光，怒行着；有的人一副出门寻死的愁闷脸；有的人则像刚被人占了便宜吃了亏，一脸邪火……总之，看起来他们都不怎么快乐。除了两个手扣手的少女是嬉笑而过。牙医小柴后来数了一下，近百张脸中，有冷漠的、有尖刻的、有愁苦的、有怨忿的、有坚硬的、有麻木的、有沉郁阴鸷的、有警觉执拗的、有失落的、有明显哀伤的，就是没有一张欢乐笑脸。按照老师的说法，满目望去，世界没有光，这些来来往往的人们，就是一条条令人厌恶的黑线。好容易看到几个昂首挺胸、身形欢乐、咧嘴大笑的，走近，却是游客模样的四盆水傻老外。最让牙医小柴绝望的是一对老小爷俩。估计是爷爷来接小学生孙子，一大一小竟然清一色的沉郁，尤其那个小男孩，一张小脸，少年老成，比爷爷的老脸还要严肃。

牙医小柴这才有点想哭了：在街头，想找到几张轻松快乐的笑脸，原来是这么难啊。连孩子、老人眼里都满是愤懑与愁苦。他们在愁闷什么呢？老师曾经说过，牙病患者中，青壮年往往不太爱笑的居多；年纪大的人，反而很多爱笑，可能是他们活明白了很多。可是，这些形色阴郁的、本是活得更明白的老人，为什么每一个脸上都像个忤逆者仇恨者？

牙医小柴摸了摸自己的脸，才恍悟出，原来柴永煌的天生笑脸，真的十分宝贵。外人是要算计着，才能长时间拥有它的陪伴啊。就此而言，柴永煌的遗传基因看来好像比较弱势啊。

那个玩摄影的畸牙矫正患者，借给牙医小柴一个好相机。他说他已经放弃人像摄影了，现在忙着婚纱摄影，这比较能挣钱。他说，我没有时间帮你拍摄，但是，摄影师说，我有几十张不同人物打哈欠的抓拍作品，你要不劝雇主改用打呵欠的，这个很独特，很逗，比笑容精彩有趣得多，即使丑得不像本人了，但拍摄者一般也不生气，就像看漫画。

唉，不行，牙医小柴翻看了几张打哈欠神作，非常丧气。她就是想难住我，不借我钱，才要拍笑脸的。她自己就不会笑。唉，真正的笑，可能比端正畸牙难多了。打哈欠算什么，连狗都会，她才不要。她是以为这世界上所有的人，都和她一样不开心，她是在断我的路！

摄影师想了想，说，也是，扣除听笑话的人，拍到由衷的笑脸真的难。要靠运气。

摄影师在自己的工作室，上天入地先为牙医小柴找出了十几张笑脸照片，并答应说会找被拍摄人签名认可。牙医小柴有了基础，信心恢复了一些。

其间，摄影师在自己的简陋工作室，用数码机抓拍了几张牙医小柴自己的笑脸，牙医小柴没想到，每一张照片，都经不住细察。他假以老妇人的眼睛，马上就能看出，他那些看起来在笑的照片上，眼神是心事重重的。哪怕他笑得整个脸皮都往上提升了一厘米。猛一看，真的很像灵堂里的柴永煌，尤其是眼下两道如小舟的欢乐卧蚕。可是，他却没有一点父亲笑容里的慰藉与宽广，更没有一丁点由内焕发出来的积极与快乐感。儿子的笑容里，只有挣扎与抵抗，策略与心机。

比十几年前的灵堂所占据的黑灰色时空，是更早的几年前燃烧的天际线：一架飞机在降落时忽然故障，它急速下坠，在距地面三四十米的距离，突然直坠，尾巴撞到了海堤，后座的两个乘客从断裂的飞机尾巴里飞了出去，魂飞百米之外。飞机又打了三百六十度旋，硬生生用肚皮着陆，就像被人撤掉尾巴的巨大死鱼，贴在枯黄的停机坪草地上，随即，开始冒黄黑色的浓烟。柴永煌的笑脸，在那个黑中带黄、直上九霄的浓烟中，一直定格在乘务员小邱的脑海里。机舱一片鬼哭狼嚎的混乱中，空乘人员在紧急引导乘客逃生。机尾撞击时，小邱腰部已经被撞伤，引导逃生时，一个不听劝阻的、非要拿行李箱逃生的男子的狠狠推搡，把空姐小邱再次掼在椅边动弹不得。就在她以为自己要和飞机一起爆炸的时候，那个叫柴永煌的乘客——只有这个乘客，停下了逃生的脚步。他把她抱起，跳下了逃生充气滑梯。从死到生，没有语言，那个拯救者只是对她笑了笑。

安全的小邱，什么也看不见听不见了，她只看到一个男人卧蚕如细舟的笑眼，它穿越了连接天地的黑烟。安全后的空姐，动辄哭号尖叫不止。故事情节就那么走下去了，治疗、理疗、牵引、瑜伽。柴永煌好像一有空就送花安慰。拯救者夸赞空姐的勇敢，小邱则说乘客是英雄、是最好的心理医生。腰上康复了七成，她就嫁了二婚的柴永煌。然后，因为腰伤，因为大宠爱，她辞职了。柴永煌的笑脸，改变了一个鲜嫩女孩的一生。

这些八卦，都是过往信息拼接而来。信息源主要是邱家那个鬼——邱来琦，还有牙医小柴的大嘴巴母亲。小柴是在老妇人赏赐的第二巴掌后，痛定思痛，悟出了他挨打的原因：至少在形式上，他太像他父亲了，尤其是那个卧蚕如小舟的积极笑脸。

八

在畸牙矫正患者的指点下，牙医小柴开始假冒人像摄影师，混迹人群。他反戴棒球帽，身穿摄影背心，在街头粗鲁洒脱地寻找模特儿。但是，他遭遇的打击，比成功多得多。他在商场外，截获了一个提着蛋糕的小姐姐，出示摄影家协会会员的假证件后，牙医小柴请求为她拍几张。她信任并尊重地配合照了好几张。但是，没有一张在笑。无论牙医小柴怎么启发，她都不笑。

牙医小柴忍不住说，你张嘴我看看。

提蛋糕的女孩，就困惑地张了嘴。

一口好牙！你凭什么不爱笑？！

她对牙医小柴语气里的不满很敏感，立刻还以不耐烦的颜色：我不会笑！我十几年就没笑过！她几乎把牙医小柴怼哭了。

牙医小柴又找到一个像是导游的会议接待西服男人。男人配合他的请求，每一张都努力微笑，他不明白摄影师为什么一直反复地拍。够了够了，男人抱着腮帮子停了下来，说，够多了。我还有事。这是我的地址。

牙医小柴哀叹地接过他的名片，说，你是假笑知道吗，每一张都是。我在等你真笑啊，你看我不是一直在跟你说话，我等你真情流露啊。

服装整齐干净的男人并不生气，他说，我们一年接待上百个会议，我必须随时保持最友好的笑容。假不假我不知道，但是，笑多了，我的脸会抽搐。我现在就不行了，肌肉一直发紧。但是，我老婆说过，我的职业笑容比真笑更诚恳。再说，你看看满大街，那些笑得好的，哪个不都有职业培训背景？你天真了兄弟！

三个拿着篮球、肩上搭着运动外衣的高中生，三个人合影抓拍得都还不错，但是，单独拍他们的笑脸，全部失败了。一个真的嘴角抽搐，假笑得非常不自然；一个想用做鬼脸，假冒一个无羁的快乐脸，眼睛里却是掩饰不了的暗沉与疲惫；还有一个只是用力往两边拉扯嘴角，上庭、中庭依然严肃得像法庭辩论；三个少年还互相揭短：哈哈，老师早就说他笑起来像活死人。喂！红蜻蜓说你是面瘫好不好？还好意思说我，上次说谁的脸，一看就是葬礼进行曲……

年轻人打打闹闹着远去。

更多的人，直截了当拒绝了牙医小柴：

——有什么可笑的！艺术创作，不就是"真实"吗？

——现在人的笑脸，都太恶心人了！

——我也想笑一个，但是，我心肺这里，卡住了。

——我不配开心！

——我朋友说，我不笑时非常酷，一笑起来就很淫荡。

——好好地笑？我又不是神经病！

……

但有一对摸奖摸到一件羊毛毯的六旬老夫妇，笑得非常动人。合照时，牙医小柴抓拍到老先生为老奶奶整理鬓角发丝的瞬间。两人嘴角的笑意，蜜汁流淌；他们各自的单独照，也拍得不错。拍老奶奶时，老爷子在镜头外，不知做了什么逗乐表情，让老奶奶笑得上齿龈都露出来了，不算美，还有点傻气，但是，真是快乐溢满镜头。

还有一个中年男子，也笑得好。一开始，牙医小柴都想放弃这自作聪明的混蛋了，因为一开始，他像警察一样审问他。

你拍这个干什么？

《城市表情》人像摄影大赛我怎么不知道？

你这会员证是真的吗？有没有参赛通知书我看看。复印的也行。

我怎么知道我这张照片，有没有入选呢？

地址还是也给你一个吧。电话我不一定都开机。一等奖是三万吗？我一年的工资呀！

如果你获奖了，作为模特儿，我有没有奖金分？

一般都没有吗？哦，那你会额外给我多少，我是说，万一获一、二等奖的话。

爱审查的男子，有非常好的镜头感，他的门牙，21号牙，有点翘，就像一扇大门微启的样子，但他的笑容显得非常自然随性，笑得亲切而春风微醉。小牙医忍不住说，你是我今天拍得最好的几个人之一。

——才之一呀。我可是非常努力了。情绪都酝酿得十分到位，对吧。

你真的笑得自然又感动人啊。看他认真签名的时候，牙医小柴心怀感激。

男子说，一看到你的镜头对着我，我就想，笑好点，半年的工资就到手了！你看我的眼睛，一点不空洞，它看到了一万五是很厚的一叠！数钱的时候，我不能伸出舌头用口水沾，我得先靠近有水的地方……卫生。

九

省城的摩尔大厦夹层承租到了刻不容缓的当口。牙医小柴把合计四十七个人的笑脸照片，拿到了金丝竹小院。他知道"小姑姑"不会给好脸色，但是，他预计他哀求她，也许能先借一部分钱，剩下的笑脸照片，他会继续完成。

牙医小柴照例带给她一大捧他从路过的茉莉花田买的花。因为上次她说，这个比玫瑰好闻。但今天进院子的时候，那个身份不明的、穿硬木底拖鞋的男人，开门就把花接了过去。牙医小柴说，插到大花瓶，搬到我姑姑房间去。

那个身份不明的人说，她不喜欢花。所有的花。

开局就不祥，照片的结果，果然更加不妙。

那个叫"小姑姑"的老妇人，今天一袭长及脚面的灰色薄丝袍，胸口挂着可能有一百零八颗的像菩提籽一样的长链。这样的龙钟老态，按理是该配一副老花镜什么的，但她的视力好像不错，并没有拿眼镜，就把照片浏览了一遍，然后，像整理扑克牌一样，把它们在手里，颠来倒去地洗。无论怎么洗、怎么翻牌、怎么端详，她的脸上都是一副早已预料、不过如此的神情，她也会出现些饶有趣味的神态，但看深了，牙医小柴才感到，她只是在享受自己蔑视与傲慢的意趣。

连半数都没有，还有一大半假笑的脸。

做牙医的，你是不是更容易看到别人哭？老妇人的口吻，有幸灾乐祸，也有调侃的意思。牙医小柴被这个问题弄得发懵，他太想借到钱了，他飞快地说，是……呃，也不是了……

什么意思？

有，但不是经常看到，有的人哭得比较意外。比如，有一个很高大的男人磨牙，打了麻药的，磨着磨着，可能麻药失效了，他疼得把手机屏幕捏碎了，他真的哭了，他哭喊，你他妈把我的脑浆子磨出来啦！

老妇人的惊异兴奋表情，鼓励了牙医小柴。他说，还有一个女病人，没有哭出声，就是一直默默流眼泪的那种，弄得我很心慌。我说，你是不是很痛，她又摇头。无意间我忽然发现，操作盘上还有一支麻药，我的天！就是说，我打了一边，还有一边漏打了。我对她非常生气，我说，姑娘！你痛，怎么都不说呢？

她说，我以为做牙齿，都是这样痛的。

"小姑姑"第一次让牙医小柴看到她笑出声的笑。那个声音如清水滴玉。牙医小柴也跟着兴奋起来，又讲了几个职业趣闻。"小姑姑"突然打断他，说，够了，我不会借你钱，我们言而有信。一百张笑脸照片一到，只要都是我认可的真笑，钱马上就打给你——看在你是那个风流混蛋的鬼儿子的分上。

牙医小柴当场泪水就出眶了。他掩饰地低下头，就势"扑通"一声跪了下来，没有抬头：

我真的……拼尽了全力……那个承包诊所，病人终于开始多的时候，我从上午开门，干到晚上十一点，三分钟吃一顿饭，那时又要考执业医师资格，我经常回去抱着书就睡着了，醒来，还是看的那一页……很多个早上我醒来，皮鞋还在脚上……小姑姑，如果不是承包的诊所突然收回，本来，我可以越来越好，不会麻烦到你，也不会……满街乞丐一样，给人拍照……现在，我拿不出合资的钱，那个市中心的夹层诊所就……

他吧嗒吧嗒一直说，并因为害怕"小姑姑"赶他走，而加快了语速。

老妇人并不在乎牙医小柴是否跪地。她站起来，像一只灰色的鹰隼，在房间里游荡，那衣服的动感，让牙医小柴觉得她随时会飞离。老妇人哼了一声：你可以不拍呀，谁逼你拍了？牙医小柴再也忍不住悲伤，交替而落的鼻涕与泪水，肮脏地滴在木地板上：被戏弄的感觉，让他口干，胸口发烫。

老妇人看到了他的泪水，她并不顺手递给他纸巾，她把身子转向了跪地的窝囊年轻人。

好啦，你能像那个短命鬼那样笑笑吗？

牙医小柴错愕。

笑一个好啦。

笑啊！笑一个试试。

牙医小柴第一反应就是，如果他笑得"很父亲"，必定要获得第三个大耳光，她干得出，她甚至控制不住自己。但是，不笑，一切也就结束了。这个狗急跳墙的年轻人太需要钱了，所以，他纠结的是，要不要死撑起胆子，问她"我笑一个，你是不是就能援手我"？尽管，他已经知道，自己永远也笑不像柴永煌。形似神不似。父亲那个天真的、宽广的神识，他永远也不具备。

老妇人鄙夷夸张地啐了一口干痰：现在你明白了吧——你父亲那个混蛋，糟蹋了世上最好的笑。

牙医小柴挣扎抵抗：……如果爸爸当初没有停下来救你，你早就和飞机一起炸成碎片了……

很好，你这么说，非常好，老妇人停在年轻人背后，谢谢你这么说，知道吗，这十四年来，我每天都在问自己，是宁愿和飞机一起爆炸，还是愿意看到笑脸后面长期的欺骗？弥天大谎，没羞没臊，还有成群结队的贱货！他身边那些管钱管账的鬼，一个个心知肚明，到处为他寄钱，却上上下下一起蒙骗我，还有你妈那个丑八怪，包括你！他们也一直在给你们这些吸血鬼打钱，这么多年啊——谁告诉我一个字了，没有一个混蛋告诉我真话！满世界都是见钱眼开、没有良知的混蛋们！

年轻人警惕着后背会不会遭遇一脚猛踹。

……每一个晚上，我都能看见你父亲的鬼魂，他还是那么无羞无耻地笑。我不知道一个撒谎成性的鬼魂，怎么还能保持那么好的笑脸，让你相信人间，相信爱情，相信友谊和男人。我只问一句为什么，你告诉我，究竟为什么？——为什么？！

老妇人声音变调，有令人恐惧的颤抖和滑音。牙医小柴不明确最后这句，是质问父亲的鬼魂，还是质问做儿子的他。他小心翼翼地扭转一点点身子，一方面是想看她哭泣，一方面也是防备挨踹。就在他转身的同时，那个叫

"小姑姑"的脚，还是踹向牙医小柴的肩胛骨：听着！如果可以重选，我宁愿和飞机一起炸成粉末！

有防备的牙医小柴，一把抓住她的脚：刚才，我告诉你牙医故事的时候，你笑了。你忘记仇恨的笑脸，非常好看，非常美。如果我是我父亲，就会马上按下快门，收藏下它。但是，我不是他，我不敢造次，我从来没有他的勇气，也没有他的不节制。

"小姑姑"收脚，她转过身去。

牙医小柴感觉她落泪了。她垂臂不动，后来她动了动指头示意他走。隔天，她致电牙医小柴：也许……我可以帮你一点小忙。

去云那边

……当我撑大我那风造帐篷上的裂缝，
直到宁静的江湖海洋，
仿佛是穿过我落下的一片片天空，
都嵌上这些星星和月亮。
我用燃烧的缎带缠裹太阳的宝座，
用珠光束腰环抱月亮；
……

我是大地与水的女儿，
也是天空的养子，
我往来于海洋、陆地的一切孔隙——
我变化，但是不死。
……

——雪莱《云》

一

一辆白色的 SUV 正准备下高速，它已经奔波了三个多小时。年轻的女人开着车，带着五岁的男孩。男孩一路在看云。在高速公路上，年轻的女人反对小男孩躺着，她要求他坐在配合安全带的儿童专用增高坐垫上，但是，小男孩一下子就放弃了。他还是躺着看车顶大天窗外的云，追云不便时，他就解开安全带，站起来。他只专注于云的变化，似乎在编导云的剧情。这趟行程，路有多远，云的故事就有多远。因为小男孩一会儿坐直，一会儿躺下，一会儿系上安全带，一会儿又解开安全带，使女人不得不放慢车速。

女人不时瞟后视镜，并通过耳朵，去捕捉后座的动静。除了云，小男孩对所有的人事，都心不在焉。三岁前没有开过口，家里的老人根据经验，都怀疑他是哑巴，但后来证明医生的判断没错，他会说话，只是不想说话。父亲平时忙，陪伴少，跟他说话，他以点头摇头回应。当爹的有一次大怒，不许摇头点头！眼睛看着我！用嘴说话！小男孩就吓得小便失禁了。对那些非要撬开他的嘴巴、动手动脚的热情客人，小男孩眼神排斥，有一次竟然哭了，令家人客人都颇为难堪。总之，他能不开口就不开口，比如，给他食物，他张嘴，就表示接受；拒绝，就是走开；甚至要去洗手间拿遗忘的玩具，里面的人连问他要什么，他只踢门不作答；那些学龄前儿童视听教材，他一律视而不见、听而不闻。偶尔，小男孩发出清晰的单词，或回应了人，犹如钻石光芒，綦家蓬荜生辉，这幸福地证明了他的听、说能力，都是正常的。但不能否认的事实是，他几个月的说话量，不及正常孩子的一天。他似乎活在自己的世界里。

有个懒惰的、嘴甜的保姆，被长期雇用了，因为，她能给小男孩指认各种云。他们一起去顶楼天台看云，遇上了好云，小男孩会容光满面地回来，又比又画，转达他刚刚经历的一场盛大相遇。比如，满天螺蛳云、棉花罐打翻云、茶垄云、散掉的香菇云、老头撒尿云、老鼠偷油吃的云，还有树根云、吐血云、金片片云、猪奶头云……这个准文盲保姆，用云的想象力，激荡了小男孩云世界的生机勃勃。

有时，保姆洗菜洗一半，或者拖地进行中，突然一声高喊——哇，看天！天烧起来啦！——快看！

小男孩就连忙牵着她去阳台观赏，或者他们直接就奔向顶楼天台——他们家就在顶楼错层里。高天阔地，小男孩软软的头发，像丝绸旗帜一样飞舞。他会张开胳膊，像十字架一样，仰天旋转，然后拥抱自己的云。保姆倒没那么喜欢云，但她从来没有忘记自己"读云者"的天职，她一边解读云彩，一边玩手机。公平地说，她对看云的孩子无限耐心。看到天空暗沉，云们归途隐匿，他们就心满意足地一起下天台回家。

旅途中，无数车辆掠过这辆白色 SUV。两个半小时的路程，他们已经走了三个多小时。

因为车里的云孩子，女人只能以尽量平缓的速度来护佑后座上的看云人。孩子的父亲正在这两个半小时车程的锦天城开会，今天是他的生日。女人决定给丈夫一个意外惊喜，她要带着孩子"从天而降"，给他特别的生日祝福。小男孩对这个建议无感，因为爸爸无论是否出差，都经常不在家。但是，妈妈说："哎呀，锦天就是出七彩祥云的地方啊！"

小男孩张大了眼睛，看着妈妈。

"五颜六色！"妈妈加大诱惑力度，"满天！红的、绿的、黄的、湖蓝的、金棕的、蓝紫……"

"各种颜色？"小男孩归纳了一下。

"对啊，"妈妈说，"前几天电视新闻不都说了，锦天这个季节彩云最多。"

小男孩并没有看到电视，因为外婆大喊他来看云的时候，新闻画面已经闪过了。

妈妈继续煽动："所以要赶紧！到时我的手机还借你拍照。"

小男孩没有吭声。他把一本云童话绘本放

进自己的双肩包，又把一只麂皮象宝宝玩具，放进去。这是他出门必带的助眠玩具，他必须捻着象宝宝左耳朵的尖尖，才能入睡。女人暗暗得意。一路上，男孩的自言自语表明了她的确拿捏准了他的小七寸。

小男孩说："棉花糖的云，都是加颜色变的。"

妈妈很聪明，说："那是假云嘛。真的云，什么颜色都是自己长的。电视上说了，只有特别的地形地貌，才会邀请到天上各种颜色的云——全世界只有锦天最多！"

"要它不来呢？"

"给电视台打电话呀。"

"怎么说？"

"你就说，喂，你们不是说，这几天都有彩云吗？"

男孩笑了，但他说："我不。"

车行了一两公里后，小男孩说："你打。"

年轻的女人愣了一下，反应过来，说："嗯，让爸爸打！他说，喂！我们全家来锦天过生日哪！说好的七彩祥云呢？！"

男孩无声地笑了，看起来很有信心。

二

出高速收费站，SUV 女司机把车靠边，接起一个重复打进的电话。后座上的小男孩，又解开了安全带。他手里有两张嘎嘎响的玻璃纸，一张香槟色，一张宝蓝色，他轮流透过玻璃纸看天。通话中，女人不断回头看后座的小男孩，她语调亢奋，有点急躁，她说：

"还要二十七分钟，估计我会比预计时间再慢点。"

"孩子饿了，我会先带他吃点东西。"

"不不，不去酒店吃。给他惊喜！这饭点儿人多，万一被他看到就不好玩啦。"

"你把他房卡放总台，交代好就行。估计我们吃好进去你要开会了。"

"知道，你发的流程我看了。下午我出去办点事，最晚五点到酒店给他庆生，不耽误他晚上八点的活动。"

"不用不用！他不吃蛋糕，小生日而已。谢谢谢谢。"

"不不！小事！就是买些有机菜种——我自己开车导航很方便。"

"保密啊！——这会让我们綦小朋友大开心的！"

"当然当然，你们綦总可能都忘了自己生日。对了，你的房卡也留总台一张，到时我可能需要打理一下。"

三

龙帝温泉大酒店从空中鸟瞰，是个拉长的S形，尾梢犹如巨幅飘带，飘了七八百米，其实，它模仿的是巨龙飞天的造型。起降锦天的飞机，最容易看到的就是，巨龙在绿树掩映中腾起的龙脊摆动线条。说是龙脊，其实是平的。整个酒店不高，昂起的龙头才十多层，龙尾一层多高；S形的屋顶天台，就是斜上的平展龙脊，上面"龙鳞"——半圆片式的扁平阶梯，缓缓升高，间或又穿插着一方如茵绿草。龙脊中线，从龙头到龙尾巴都是艺术灯柱，仿佛是 S 形的龙脊在晶莹发光。夜色里，巨大的"龙脊飘带"上，银白的星光小灯，会在草地上满天星般闪烁，如银河在人间的倒影。所以，当地人都叫它"那个星光龙酒店"。

女人的车开进龙帝温泉大酒店差不多是下午两点了。进了大堂，一手牵着孩子，单肩挂着双肩包的女人，一眼看到了唐秘。唐秘却没有认出低扎马尾，穿着牛仔裤、平底鞋的老板娘。看到笑着走向自己的女人，小秘书还算机灵，立刻春花绽放地迎了上去。"姐姐真是越来越漂亮了！比年会时更年轻啦！我都没敢认呢！"唐秘说，"我正要给綦总房间送资料，那都给姐姐吧。这是他房卡，918。"

等候电梯的时候，唐秘压低嗓子说："这次订晚了，没订到大床房，被綦总骂了。是我们秘书组的失误。"唐小姐做着鬼脸，从小包里掏出了一个黑蓝色的丝绒小盒，托着递给女人："祝老板生日快乐！——只是小领带夹，弥补一下我们工作过失。"女人竖起食指，"嘘"了一声，谨防泄密的样子。小男孩伸手抓过小盒子，女人接过秘书手里的材料，说："你开会去吧，我自己上去。"

女人上了九层。酒店的扭曲结构，她有点蒙。一名保洁阿姨路过，鞠躬问候，说："星光自助餐厅往那边，出玻璃门下楼梯就是。"女人更为困惑，阅人无数的保洁阿姨不再掩饰轻慢："很多阿姨都会走错。小孩爸妈在里面是吗？我带你去。"

女人有点明白自己被误认为保姆了，她倒不生气，只亮了一下手里阿拉伯数字很大的房卡。保洁阿姨说："噢，918。往那边，拐弯第一间，你碰一下门就开。"

地毯很厚，小男孩跑向自动玻璃门，又跑下楼梯，他看到了自助餐厅。俩服务生想摸他的大脑袋，小男孩立刻原路回转。好在这些都没有被妈妈注意到，她站在918房门前，门把上，挂着"请勿打扰"的纸牌。女人"嗞"地

碰卡开门，就在门要自动关上前，小男孩进来
了。他没有注意到，他的妈妈站在玄关，呆若
木鸡。

标房里的两张小床，已经被拼成一张大
床。綦总个子大，拼大床也可以理解，但是，
女人看到了床前两双凌乱的拖鞋，是用过的拖
鞋：珠粉缎面的是小码，深灰缎面的是大码。

女人蹲在地上，缓了缓困难的呼吸。她心
跳如鼓击，口干舌燥。小男孩看到她在深呼吸，
便自己爬到窗前的沙发上。他把黑蓝色的小盒
打开，拿出领带夹，研究了一下，还咬了一下，
很快失去兴趣，便把它夹在小象宝宝的大耳朵
上，然后去卫生间尿尿。

女人绕床而行，如她所愿，床头柜上，她
看到了安全套盒。她不想碰它。男孩从卫生间
出来，塞给妈妈一样东西。女人没有心思看，
把小男孩的手推开。她被枕头上一根栗色的直
长发吸引。小男孩把从卫生间里拿出来的东西，
再次夹到了小象宝宝耳朵上，一边一个，他觉
得满意。

女人去了洗手间。洗手间乱堆的浴巾里，她再次看到了一根栗色直长发。女人感到自己上嘴唇异样，就像几只蚂蚁在爬。是，上嘴唇在发抖。她按住颤抖的上唇，但手指一拿开，它还是在微微颤抖。她想，它如果靠近键盘都能打出字来了。女人看向镜子里的自己，没有涂口红的嘴唇发灰，彻底的素颜，让这张情绪风暴中的脸，就像冰箱里过了保质期的冻肉，红的发灰，白的也发灰。她本来有一头天然微鬈的浓密长发，因为劳作不方便，习惯随手一扎，头发被皮筋常年控制得紧贴头皮。她觉得自己就像一个出土的兵马俑，真丑啊。难怪，难怪那个保洁阿姨，态度轻慢，她当她是一个带孩子去餐厅与父母汇合的迷路保姆。

女人目露凶光地出卫生间，拎起背包，一把拉起沙发上的男孩往门口走。小男孩不想走，女人粗暴地抱起他，男孩双腿乱甩，以示反对。女人语气凶恶："要干什么你？！"小男孩沉默。女人大吼："说啊！"小男孩沉默。女人胸腔一阵爆痛，她觉得自己心脏要炸开，她狠狠掼下小男孩，死死瞪着他。男孩看着疯狂的女人，退着走到沙发边，拿起小象宝宝，紧紧抱在怀里，眼睛里已经有了泪光。

女人心里一颤，扑过去，搂紧孩子。

她是到总台取车钥匙时，才忽然意识到儿子的象宝宝耳朵上的领带夹。她暗吃一惊：首饰盒子还在918的沙发里，更重要的是，她注意到小象另一只耳朵上的水钻发夹——当然是粉色拖鞋主人的。女人低声问："你是在卫生间拿到的吗？"小男孩没回答。她取下小象耳朵上的水钻发夹。

女人让门童看护一下儿子，她奔向电梯，按了九楼。她再次进了918房间。不知为什么，她的上嘴唇又开始颤抖，她一口咬住上唇。她把扔在沙发上的黑蓝首饰盒拿起，把水钻发卡扔在洗手台边。然后，她退出了房间。她听到了电梯有人出来的声音，走廊空空无处藏身，丈夫回房间的可能性很小，但是，她还是做贼一样心虚紧张。厚地毯无声无息，她却感到有人在袅袅走近。她选择了面对915房间，假装找房卡开门。一个苗条的女人走过，她视线的余光里，看到了一袭珠灰洇紫的长裙。随后，身后有门禁"磁"地响了。她顿时浑身暴汗，上嘴唇不可控制地又抖动起来。她努力克制住回头看的念头，但终于，她还是侧脸猛地回瞭了一眼。走廊里已没有任何人了，一切又回到静谧无人的状态。珠灰洇紫的长裙进了哪个房间？918？她搜索视觉记忆的残余，觉得自己看到了那个女人进918房间的背影。栗色的直发被时尚发簪斜挽，垂落的发丝随意而风情，肩型有致，然后是——918的门沉重而缓慢地闭拢。看错了吗？一时之间，她膝盖僵硬、胸口虚空，不知道自己刚才那一眼是想象，是事实，还是整个都是幻觉。

保洁阿姨推着保洁车过来，还是之前那个，和之前一样，有优越感地礼貌：

"需要我帮您开门吗？"

四

今天，对这个叫刘博的男人来说，是个非

常可恶的日子。不止今天，这几天都是他妈可恶的日子。今天的肝火，是昨天的堆积；昨天的肝火，是前天的堆积；前天的肝火是大前天造的孽！他粗算了一下，已经近五十个小时没睡觉了。肝火如野火，烧得他一直口腔溃疡、牙龈出血。一个人，年近半百，又老又傲，他和世界就更加互不妥协了。这样的人，他不口腔溃疡，谁溃疡呢？他悻悻地想。

人们尊称他刘博，那是对他学识的尊敬，实际上，很多人看他一个光头，心里就会怀疑他的学问。现在，他不仅光头，还加上三天没刮的灰黑胡子浓密拉碴，再加上一副被透明胶临时补缀起来的眼镜，看起来社会评价更低。这眼镜是今天上午被一个混蛋打飞的，还好他闪得快，不然以那个家伙的劲道，可能连眼镜一起打进刘博的眼窝里。更可恶的是那个老实的年轻护士，那混蛋第一脚就把她踹翻了，当时她蹲在病床前为病孩脚腕处扎针。进针两次失败，小孩在哭叫。儿科病房，患儿哭闹是正常的音响。带着几名实习医生查房的刘博正遇见了劲爆瞬间。不是他一把推开了那个混蛋，护士少不了挨第二脚。但是，年轻护士一骨碌爬起来，连滚带爬，就扑向病床给孩子拔针，她怕伤着孩子。孩子母亲趁机一巴掌扇在护士脸上，护士帽飞越病床。刘博一把揪提那女人的马尾巴，提摔开她，自然是下了重手。在女人、孩子的尖声鬼叫中，混蛋男人一拳当头打来。刘博躲避，眼镜飞了。两个男学生扑上去，死死拧住那混蛋。

医务科过来处理了，后来，分管领导也来了。混蛋夫妻拒不道歉，大喊大跳说："护士不会打针！医生很会打人！"刘博让学生报警，分管领导要他冷静，而那护士擦干眼泪就表态说她理解患儿家属的心情，她原谅了患儿父母，弄得院领导比患儿家属还感动。院领导也希望叫刘博的那个男人，能忍辱负重，向患者家属道个歉。刘博转身继续查房去了。

查完房，刘博回到办公室，年轻护士进来，说："主任别生我的气，我知道您在帮我……"刘博懒得说话，他摘下学生替他用透明胶带临时粘住的眼镜，在手里晃荡。护士低声说："我就是觉得大局为重比较好。"

刘博说："大局你跟院领导谈。"

护士回避他嘲讽的恶毒眼神，眼看窗外，语调更加怯懦："……对不起，我真的没多想，就觉得……"

刘博说："之前你护着患儿很善良，但之后，你装神弄鬼干什么！"

护士泪光闪闪不承认。

刘博摔门而出。

这一天，是好天。蓝色的高空，卷云如丝，天边积云像白塔。但对于刘博来说，这个倒霉日子，才刚刚拉开序幕。大前天，同寝室的大学好友从四川过来开个专业学术会，但这三天他们都还没见上面。第一天，他代二线医生值班，碰到一个笨蛋的住院医生，一夜不断求救，害他整夜"仰卧起坐"，根本睡不好。次日是他的门诊日，一百多号病人，看得他滴水未沾、滴尿未撒，精疲力竭才收摊。到院食堂才打了饭，城东儿童医院急呼他过去会诊。会诊结束后，他披星戴月回家，刚洗完澡，又因一个肠套叠的高危娃，被紧急叫回医院实施急诊手术；手术到凌晨四点，回家再洗洗睡，已经快五点；两个半小时后，也就是第三天，是他自己的手术日，早上七点半到医院，一直忙到下半夜，完成了九台手术，最后一台手术结束于凌晨四点多。他到办公室拉开午休床，才休息了一会儿，床还没焐热，就听到走廊外面人声鼎沸，该死的"马大哈"助手竟然忘记告诉病人家属，手术顺利，结果，傻等在手术室外的病人家属悬心到天亮。一询问，得知手术早已完成，病人已被送去 ICU，立刻举家暴怒了，六七名家属，个个怒喊要投诉。那个叫刘博的倒霉蛋，自然没法睡了，只好起来安抚家属，汇报手术顺利的情况并致歉，然后，查房。本来查房流程结束，他终于可以回家睡大觉了，但是，在最后时刻，他的眼镜被人打飞了，而且，家属要投诉他"像黑社会老大一样，领着学生打人"。这事看起来尾巴长，院办让他先回去睡觉。

可是老同学下午就要飞离锦天了，中午告
别餐，他必须过去，哪怕一刻钟也是礼貌的。
他心里打算的是，见半小时就回家睡觉。

五

那个被称为刘博的光头男人，驱车往吃饭
地点"棕榈人家"而去。

从医院过去有七八公里，但从"棕榈人家"
到他家，倒是很近，两公里不到。多年未见的
上铺兄弟，小个子，宽肩膀，和过去一样，还
是习惯含胸驼背，却动辄发出声如洪钟的哈
哈大笑声，睥睨生死得很。事实上，他也确实
胆大，因此，他赢得了班花的青睐。二十年过
去了，他已是西南医界翘楚。一见面，大家就
被光头的胶带破眼镜逗乐了。都是同行，天南
地北各自医院都有同样的故事，所以，说着
说着，就骂着粗话，一杯杯喝酒解怒。光头倒
没喝。两周前，他们院骨科医生，喝了两杯啤
酒，酒驾刑拘了。但是，最后临别，他还是喝

了一小口白的。因为老同学说自己和班花离婚了，婚姻就是一口锅——把两棵小白菜煮烂。老同学说的时候，高举酒杯，独孤求败，又难掩感伤惆怅。光头告诉他，今天也是自己离婚冷静期的最后一天。话音未落，举桌喧腾，"小白菜呀，锅里黄……"

老同学拿起手机，模拟采访话筒，问他感言。光头男人说，如果不是冷静期，今天我没回去，她能打我二十个电话，并要求视频为证。她觉得我能出轨全世界。所以——两棵小白菜都煮烂了……

举桌再次沸腾。老同学提议为婚姻之暖锅干杯，于是，光头男喝下了一杯，之后，代驾来电说两分钟到，他又主动敬了大家一杯，然后和老同学拥别。

那个叫刘博的男人，独自下楼到门口。约好的代驾，却迟迟未到，再催促，才明白那家伙，因为听错地址，到了岛外一个连锁店。男人倦怠不堪，跌坐在店外石阶上。女老板过来说："拐个弯，都能看到你们小区的白蘑菇顶了。算了，一站多路，我送你吧。"他们才一上车，女老板没有放手刹就猛踩油门，"唔"的一声，把光头男人睡意吓没了，紧跟着是猛烈倒车，车撞到右侧棕榈树上，男人的头撞到副驾驶座窗框上。女老板跳下车察看擦掉的红漆，不好意思不好意思！你以后别停这有树的位置，很多人……

疲惫至极的男人，懒得查看刮伤位置，他揉着被撞的包，奄奄一息地挥手让她靠边。女老板贴心地喊，一杯啤酒也会抓啊……

头其实被撞得很痛，而且，眼镜的鼻托位置，更痛。这个叫刘博的男人从后视镜里，看到了自己右边鼻梁透出点紫青。我操！他恨恨地咒骂着。

已经能看到自家小区前的公交站了，只要过这个十字路口，右转进辅道，就能直接开进茂盛花木夹道的小区地库口。但是，这个该死的红灯特别慢，横向路早都没车了，它还红着。这路口的红绿灯，简直是不负责任的混蛋操作。

今天是他倒霉的日子，倒霉的高潮马上就

要开启。

六

　　法院路和主干道湖西一路是个大丁字路口，白色的SUV在丁字下竖位置的法院路，它要右拐到横在路口前的湖西一路。SUV要右拐，无须看信号灯，只要没有直行车就行。当时，SUV女司机眼睛里就是没有直行车的。她内心犹如乱坟冈，戳心堵肺地痛，以致于她都忘了叮嘱小男孩系好安全带。但是，好像就是刚右转，身子还没有正过来，车子左后部就被什么重重地撞了，她听到男孩吃惊的叫声，与此同时，她也踩死了刹车。SUV很稳地停住了，但只见车前路面，掉落了一地的车零件，分尸式的痕迹绵延十几米，痕迹最前段，靠边停着一辆旧的暗红色车。女人被吓到了，连忙出了驾驶室。

　　她的车，左后轮上，一块花盆大的凹陷，有撞痕，但白漆基本还在，但一地的车灯、塑料片、保险杠之类零碎，拉拉杂杂地撒了一路，显然都是那辆暗红色破车的，它们把事故现场渲染得很吓人。女司机的心怦怦直跳。一辆黑车打着双闪停在两车间，一个打深色领带、白领模样的短眉细眼的男人，怒不可遏地出来，他直接对前车下来的光头男人发难："你他妈奔命啊！这么快的速度变道超车，你差点撞了我，你知道吗！"

光头男人在察看自己破红车的伤情。

SUV 的女司机看着一地狼藉，十分心虚，说："我拐……真没看到你的车……我才……"

那个叫刘博的光头男，一听就暴怒挥手："拐弯让直行！你他妈的新手上路吗！"

"超速！"白领男说，"限速六十，你起码八十！我不是反应快，你得先和我撞！"

那副胶带粘连的破眼镜，都掩饰不了光头男人拧着眉头的凶狠眼神。

看红车肢解似的惨状，SUV 女人还是惶恐："……超速，那我们……各一半责任……"

白领男突然高叫起来："——还酒驾！！

你报警！他全责！"

　　白领男手机一通拍。女司机还有点迟疑，白领男训斥："你也拍！正面、侧面，撞击点，包括两车的全景照！"

　　光头男人用杀人的眼神阴沉地盯着白领男。

　　白领男很轻蔑地冷笑："——绝对酒驾！绝对超速！——危险驾驶罪！"

　　白领男塞给女司机一张名片："我为你作证，也可为你提供任何法律援助。"

　　女人麻木地接过名片，她的眼睛直勾勾看向自己的车。不知何时自己下车的小男孩，摇摇晃晃地向她走来，他脸色发紫，两只小手抓着自己的脖子。女人丢了名片，尖叫一声，扑向孩子。光头男人也奔了过去，他推开女人，从背后抱住小男孩。他的两臂围过小男孩胸腹，使劲往上提，一下，一下，又一下，小男孩有时被他提离地面，但终于，小男孩"噗"地吐出了一颗开心果仁。

　　女人一把抱住小男孩，急得乱摸他喉咙：

"还有没有？！"

小男孩在思考。重新恢复的呼吸，大概让他舒服，他仰头看着光头。

女人有点歇斯底里："说话呀！还有没有！"

光头男人："怎么可能？"

小男孩一脸新奇和疑惑，他指指自己喉咙，对着光头男人说："一震，就吸进了……"

女人起身，把光头男猛推一趔趄："都你撞的！"

女人蹲下，上下摸索孩子，果然，她发现孩子额头发际处有个发红的、微微鼓起的山核桃大小的包。女人按压着，小男孩躲闪，说："壳子……"

女人大惊："果壳？也呛进去啦？！"

光头男人："怎么可能！"

男孩又摸自己的头。女人喊："很痛？！"

小男孩只摸不说话，他走两步，蹲下来看自己吐出来的开心果，又仰脸看光头。

女人站起来，捡起名片，然后掏手机。光

头男人一看她按 110，连忙把她按住："别！私了吧，我帮你修车。我的车我也自己负责。"

"——那小孩呢！！"女人凶神恶煞，和刚才的惶恐迟疑截然不同，她的面目变得十分凶悍。

男人深吸一口气，蹲下，仔细检查了一下男孩。男孩始终眼神清澈地看着他。想吐吗？男孩摇头。男人站起来，说："他没事。"

"没事？！你说没事就没事？！——去医院拍片！"

"他真没事。你相信我。"

"放屁！我信你一个酒鬼！"

"我告诉你！以我的酒量，两小杯只是消毒口腔！"

"酒气都喷我脸上了！你哈口气——鸟都掉下来！"

"你以为你是酒精检测仪啊！"男人被她骂得有点想笑，但他的心情太糟，依然铁青着脸。女司机环顾四周，这才发现，刚才那个路见不平的白领男人突然不见了，黑车也开走了。

女人再次掏出手机，又骂了一句粗话："行，混蛋，就让警察测！"

"——好了好了！我他妈都赔你！我全责！我带小家伙去医院——检查检查检查！"男人怒气冲冲。

"去大医院！协和！我必须五点前回到龙帝大酒店！"

"协和起码九公里，周六病人多，你回来来不及的。去儿童医院吧，三公里多。不信你自己导航。"女人掏手机导航，男人说，"现在两点四十，这样好不好，你先回酒店休息，也让我休息半小时——我三天没睡——就半小时后！我去酒店接你们去医院，保证五点让你们回到酒店！"

女人怒眼圆睁："你他妈当女司机都弱智？酒驾逃逸，罪加一等！"

光头男人咬紧牙关，他掏出驾照，给女人看："我不逃。算我求你了，我真的四五十小时没睡觉，现在，我头昏脑涨。"

女人劈手夺过驾照："先去医院！人没事

你就滚！"

男人咬牙切齿。他给车行朋友打了电话，把车钥匙交给路边银行里的保安。

光头男人上了她的车。他估计这辆该死的进口 SUV，够他赔一两万了。他的那辆黑色途锐，归即将离去的老婆。如果今天它们对撞，应该不会像红色的老车那么狼狈，但可能就他妈得赔更多银子了。

七

这个叫刘博的倒霉男人，他也没想到，去儿童医院的路，突然被修路围挡，车得绕行。女人猛拍方向盘，摁出了七八拍的恐怖长喇叭音。工地上的工人，全部直身在看她。光头男人狠狠抓住了她疯狂的手："全市禁鸣你不懂吗！"

松手！女人左手突然有了一个黑色喷筒，它对准了光头。光头猜那是防狼喷雾。他怒吼着："神经病！禁鸣多少年了，你他妈开惯了乡下土路吗！把交警按来了，就让交警给你儿子做体检吧！"

女人反唇相讥："来呀，我看他是先测你，还是测我儿子？！"

"行，你摁！什么颅脑血肿、颅底出血你耽误得起，你就继续摁！"

女人老实了。男人恶损了人，自己还是心肺闷痛。操他妈的，今天就是见鬼了！离家一步之遥，偏偏被一个神经病缠上。女人拉着黑脸按他指导的新路开，一脸不信任的叵测表情，明显是提防再遇围挡阴谋，但她又不得不隐忍着，因为小男孩在侧。小男孩在后排，则不时发出零碎的小声音。光头男人觉得，那也是一个小神经病。

开出龙帝温泉大酒店大门后，女人脑子还是一片空白。满腔油泼似的怒火，让她像一支熊熊火炬。开始她只是模糊觉得，今晚绝不在酒店过了，太恶心！现在，她需要购买一批有机种子，尤其是儿子指定需要的紫色椰花菜。买了，她连夜回家，让他妈的生日快乐通通见

鬼去吧！多一分钟她也待不住了，回去她就着
手离婚。但很快，她觉得不对。复仇！她必须
先复仇，必须狠狠地复仇！这是狗男女对她的
家庭、她的生活最严重的侵犯。这个家，她付
出了太多！

得让小三死无葬身之地！得让混蛋的背叛
者无地自容！

五点，她必须赶回酒店，回到战场。开过
第二个天桥，她就把车靠边了。她已经理清了
思路。熄了火，她开始打电话。第一个电话，
打给大綦的秘书小唐，先确认大綦晚上的会议，
大概几点结束。唐秘说，綦总好像不太想参加
了，说肠胃有点不舒服，想早点回房休息，让
曹副总去。看不到老板娘脸色的小秘书自作聪
明地说，嘻嘻，说不定綦总想给自己过生日吧。
第二个电话，她打给蛋糕店，定制了一个生日
蛋糕。她加价，要求下午五点务必送到酒店总
台。第三个电话又打给唐秘，说，如果晚上有
空，多找几个小伙伴，来 918 房间吃蛋糕。不
过，准确时间待定，只要确定人在酒店就可以。

还有，最重要的——请大家一律严守秘密。

唐秘兴奋得嗷嗷叫。

计划严密，没想到才布置完不久，就撞了车——这该死的酒驾！

绕路显然远了很多，女人不断因为路况，指桑骂槐地撒野泄愤。光头也阴沉着臭脸，不时回击她咎由自取，是孩子不系安全带的结果。车里的愤懑对峙情绪，张力十足。直到后排的小男孩呼叫："一条！一条！一条！"前排的两个大人都没有反应，小男孩拍了光头男人的椅背，想引起他的注意。光头男人潦草地转了转头，他明白小男孩是看到了辐辏云条。他刚才就看到了，那折扇骨一样的辐辏云，其实很淡，不是爱云人，不是专业观察者，很多人都会忽略。

显然，小男孩很想让陌生人关注到自己的发现。车到湖边，小男孩再次夸张惊呼：

"线！云线！"

小男孩猛踢椅背。

光头男回了一句："那叫航迹云，飞机干

的。"

小男孩又踢了一脚椅背。光头男人说："是飞机尾气形成的凝结痕迹，不算云。"

男孩眼睛闪闪发亮，很快的，他喊："这边——马！小马！"

光头男偏头看了，说："那叫碎积云。"

"还有！大大花菜云！——妈妈要种紫色的花菜！"

光头男人说："都谁教你的——那叫高积云云塔。这些都是很普通的云，分数很低的。"

小男孩完全兴奋了，他撅着屁股，半站着，不是扒在光头男的椅背上，就是反转身子看天窗，满天找宝一样指云。保姆解读的云，都被陌生而了不起的名字改变了。那个叫刘博的光头男人，终于被童心点燃，也多少是想摆脱无聊，他不仅有问必答，后来还摇下车窗，伸臂竖起三个指头，用指测法，教男孩区别了一座云是层积云还是高积云。

越来越崇拜他的小男孩，要求停车，他要下车。女人的腮帮在连续鼓起，金鱼一样吐气。

捉奸的核弹引爆在即，时间已经太紧了，可是，她也不明白，这个自闭症一样的孩子，莫名其妙地和这个面目可憎的光头男亲近。她不得不承认，孩子的这个状态是让她舒心的。

停车熄火，但她不下车，就在驾驶室，她看着一大一小两个男人，在湖边的草地上，伸长手臂，竖起三根手指，对着天上，做着直臂测云动作。两人重新上车，受小男孩的邀请，光头男人也坐到了后座。小男孩的问题非常多，这样的健谈，让前面的女司机暗暗吃惊。光头对孩子的语气，越来越温和，女人不觉得是男人对付孩子有一套，而是觉得自己的孩子原来这么聪明讨人爱。男人介绍了云的三大家族，描绘了低云族、中云族、高云族，在天上的高度和变种。他还让小男孩知道了，雷暴云有多狂暴雄壮，为什么积雨云又叫"云彩之王"，高层云为什么无聊得像塑料膜。

女人为了表示领情，参与话题说："没想到成年人也会对虚妄的东西感兴趣啊。"

光头指着一片像风过沙漠涟漪般的云片，

把男孩脑袋拨过去看："收集云彩，不是要抓住云，我们只是看它，爱它，记住它，这就足够了。云知道的。"

男孩一直点头，还击鼓似的同步抖击小拳头。女人感到被男人排斥在话题之外。他还是对她窝火。女人觉得自己更恼火，但她为儿子的意外快乐而宽容，所以，她又厚着脸皮问了一句："你气象站的？"男人说："我母亲曾是。"女人说："你在哪上班？"男人说："……维修厂。""修什么？""看人家需要吧。反正，钳子、夹子、刀子、电锯、锉刀、锤子，我都顺手。"

"所以，你的车可以自己修？"女人忍不住悻悻一句。

到了儿童医院急诊室，女人又怒火暗起。首先，急诊并不是你一挂号就给你看，还得排队。候诊长椅，已经坐等了八九个人，还有不断来去的人，不知是否也是候诊人。其次，总共就两个急诊医生。导医小姐说，一个小学参加区运动会的车被撞了，一下子送来六七个孩子，已经在调度加派医生。而两个值班急诊医生和护士们，在几个急救间之间奔忙。小学生的家长正陆续冲进来，大呼小叫，还有哭哭啼啼的。剩下一个轮转见习医生，满头大汗地接待普通急诊。只能排队干等。

女司机站起又坐下，坐下又跺脚，焦躁得不行。

"喂，"光头男人说，"你看不出来吗？这么长时间了，他没呕吐，神志清楚——他没事！"

"闭嘴！"女人说，"我同学，摩托车撞了，全身哪都不疼，他也感觉没事。回家到晚上才发现鼻子、耳朵，有一点出血。幸好他女朋友坚持去医院，结果，你猜怎么样，什么左颥骨右颥骨，血肿骨折骨裂，脑袋里被撞得像打散的蛋，差点完蛋！——医学的事，你最好闭嘴！"

"行行，我去个洗手间。"

"你可别想溜！酒驾的人证、物证，我齐了！"

光头男人转身走。女人掏出他的驾驶证，又把那个路见不平的好心人名片仔细夹在里面。这时她才发现，名片上写的是律师。律师？这下子，女人心更安了。

八

叫刘博的光头倒不想溜，但是，他太想打个盹了。候诊时，那个精力旺盛的小破孩，根本不让他闭眼。他知道门诊二楼有个咖啡座，洗手间出来，他转上自动扶梯，但是，刚要到二楼，就看见咖啡座玻璃墙里，有个熟悉的同行的脸。他不想让人发现他麻烦缠身，只好又掉头而下。他郁闷烦躁至极。

回到急诊大厅，他座位边多了一对夫妻，妻子抱着一个五六岁的男孩，看那腿脚，应该和那个爱云娃差不多大。光头一走近，就听到丈夫在低声斥责："我们小时候，谁蜜蜂蜇了当回事！我告诉你，他是男人，你再这样宠他，就是废了他！"

光头这才注意到，那个被蜂蜇的男孩，手腕红肿，头脸似乎也有点肿，松弛无力的嘴巴张着，露出虫蛀的小门牙。爱云的小男孩，也是个方圆脸，眼睛旁的太阳穴特别饱满宽展，加上光洁的大额头，软软肉肉的有型下巴，看起来还真比一般孩子漂亮。一看光头回来，小男孩收回对蜂蜇男孩的傻看，马上挨到他身边，还掏出了两张玻璃纸。

他又开始和光头谈起了云。男孩想用两张彩色玻璃纸，制造彩云。那个蜂蜇男孩，在看他们。女司机在看手机，但心思都在儿子这边。

……

"我还见过这样的！"小男孩把食指和拇指弯成半个圆圈，"天上，就一个小门，姐姐说，是鸡笼门。因为，那么小，只有天上的鸡才能进出……"

光头男人比画了一个弯月手势，小男孩热切点头。男人心不在焉地"哇呜"了一声，"那是马蹄涡！非常非常稀罕的云，最多持续一分钟就蒸发了。看见它的人有好运！太厉害了你。"

"那它多少分？"

"四十分吧？也许五十分。"男人说。他开始为身边的蜂蜇男孩分心。蜂蜇男孩闭着眼睛，他的头脸越来越肿，但那对夫妻依然专注于指责对方，他们一直在压抑性地攻击对方，父亲的语气像说黑话："蜂来富！燕来贵！你的笨蛋儿子说不定就从此转运变聪明了！"孩子的母亲四两拨千斤："你经常被蜂蜇，是蜇出了科长，还是局长。你爸连马蜂都蜇不死，怎么还是全村最穷的人？我们结婚他……"

那个做丈夫的"腾"地站起，急赤白脸，胳膊拧起又放下，他狠狠瞪了一眼正看着他的光头男和女司机，硬生生收了抡掌动作，然后，怒出候诊大厅。被瞪的路人甲和路人乙，第一次互相看了对方一眼，眼神都是默契的悻悻与无辜，还不约而同耸了耸淡漠的肩。蜂蜇男孩的妈妈，把脸贴着疲倦昏沉的男孩，一边张望着就诊通知屏幕，一边掏出手机。她在电话里，不知对谁，历数丈夫的种种自私、懒惰与不靠谱，声音越来越大。

"那最最多分的云，什么样？"小男孩说。

光头看着这个孩子，他不明白，他为什么不能安静一会儿呢？

男人仰头闭上眼睛。小男孩用力推他。男人说：

"开尔文—亥姆霍兹波，它就像一排排整齐的海浪，卷起的花边……"闭着眼睛的男人，听到了异常的吸气性喉鸣音，他睁眼看蜂蜇男孩，并站了起来。那个年轻母亲还在失望控诉。蜂蜇男孩的脸肿得厉害起来，他额发湿透，面色青紫，呼吸有明显的喉鸣音，手腕伤口周围，出现了一大片明显的疹子。他妈妈在泪水的控诉中，已经谈到离婚事宜。

爱云小男孩坚持要牵光头的手，要他坐下。

光头男人漫应着："开尔文……也只有一两分钟，看到它的人，所向无敌……"

光头男人突然重拍蜂蜇男孩的妈妈，一手抱孩子一手拿手机通话的女人也跳起来，她也看到了自己孩子的异常。光头男人冲进了诊室，那个见习医生跟着出来。

"喉头水肿！"见习医生让孩子母亲抱娃进了抢救大厅，他要护士过来测孩子血压，并准备静脉输液。光头男人看着几近昏迷的男孩，语气粗暴："立刻！环甲膜穿刺！马上！"

见习医生显然不买光头的账，因为他自己看起来就是打架打输的急诊脸。但是，年轻医生又被光头的霸道气势镇住了。看孩子的样子，也的确像高危的喉头水肿，所以他一扭头，就向急诊大厅另一角落，高喊一个急诊医生的名字。光头厉声大喊："快！再慢，就来不及了！"

一名护士奔回来，拿出环甲膜穿刺盒。但是，躺在急救台上的男孩，因为呼吸受阻，越来越挣扎，穿刺术变得非常困难。没有经验的见习医生无措地又想去搬救兵，光头忍无可忍，戴上手套就拿起穿刺器械，说："别动！就一下！我是医生！"

孩子的环甲膜穿刺本来就很不容易，何况一个想摆脱窒息的小孩，但光头男人出手利索准确。男孩气道通了。见习医生差点跪了下来，是感激，是后怕，也是松弛。年轻的医生知道，若插管延迟，患者可能在半小时内病情恶化，而那时，气管插管及环甲膜穿刺都非常困难。一句话，过敏性急性喉头水肿，一耽误就是致命的。

生死一线间，SUV 女人感受到了紧张。她在大门外，隐约看到光头忙碌的身影。她和爱云孩，两次企图混进抢救大厅，都被护士赶出去。第二次又被赶出来的她，翻出了扣留的光头驾驶证，没错，上面没有单位信息，名字叫刘旗云。照片上头发颇多，看起来还蛮讲道理的脸，和眼前凶狠不耐烦的光头不太像。女人想了想，决定给那个路见不平的人打个电话。

电话通了。先是一个女声，问明需求，然后那个白领男的声音就出现了。没想到他第一句话是："女士，算了，冤家宜解不宜结。"女人说："我是外地人，马上要离开锦天，还想请您处理善后呢，您这是……"

　　律师咳嗽了两声，说："直说吧，这人不坏，他救过我儿子，手术到下半夜，完了还丢出红包。我认出他来了，所以，我走了。"

　　"他是医生？"

　　"对，非常有名的医生，只是老了很多，胡子都花白了——如果我没有认错人的话，就是他。但不管怎样，冤家宜解不宜结，退一步，天地两宽。就算是律师给你的人生忠告吧。"

　　"万一他不是呢？"女人说。

　　"那，"律师喘出一口粗气，"如果赔偿合理，你还是放他一马吧。总之，一个好医生，他也不知道会在哪里收获回报，甚至长得像他的人也跟着有福了——OK？"

九

　　离开医院的白色SUV，往龙帝温泉大酒店而去，时间是下午四点二十一分。

　　在光头阴郁郑重的恐吓下，女司机终于放弃了等候。周六本来病人就多，再加上校车出事，那些随后闻讯赶来的爷爷奶奶、外公外婆、姑姑舅舅等，把候诊厅吵得像春运火车站。女司机烦躁不堪，她明白五点钟，是不可能赶回酒店了。女人说："行。晚上八点后再来。"

光头男人拒绝再上车，女司机砸了两拳车喇叭。

"言而有信，你是男人吧？"

那个叫刘博的倒霉蛋说："我不是。你要体检吗？"

"上来！"女司机说，"没时间了。请——上车！"

光头男人不动，他坚持说女人八点的活动结束，他一定在儿童医院恭候——虽然，男孩绝对没有问题——对此，他愿意打赌两万块。

女人喝令他上车："信不信，我现在报警，警察还能测出你酒驾！"

男人转身而去。他在医院大门外的超市，买了一瓶矿泉水，大喝几口，想想，他又买了两瓶。

女司机赶上来说："你也知道法网难逃啊，

风筝线拽在我手上呢。"

光头男人说："我告诉你，驾照补办很简单，我徒弟一天就能搞定。至于酒驾，你他妈爱举报就举报吧。老子非常非常需要睡觉！如果杀了你才能让我睡一会儿，我可以切开你气管！"他往副驾驶座重重扔下两瓶水，转身而去。

机动车道上，SUV 车发了一会儿呆，又追了上去。她狂按喇叭，光头男人一转身，小男孩立刻手舞足蹈，大喊：

——爸爸！来！

光头男人简直七窍生烟。那个额头宽广的小男孩，对他打出了马蹄涡云的手势。光头男人胸口温热，几个沉重的深呼吸，都没有化解掉那个暖和感。他还是走回了 SUV 车。

我不是你爸爸！男人还是没好气。

女人咆哮："他也没当你是真爸爸！只是因为你救了他，他习惯把帮他的人都叫爸爸，他还叫过一个十五岁的中学生爸爸——这是他的礼貌——你以为你是什么东西！"

男人阴郁地说："你说呢？"

女司机口气忽然转暖："算你帮我一个忙吧，求你了。"

男人虽然上车，但冷着脸。小男孩把他的手打开，把自己的小手，像豌豆粒一样放在他手心里；另一只小手，示意大手掌把里面的手，豆荚一样包裹起来。

女司机说："酒店的活动，也许少儿不宜，我需要你陪陪他。如果他耳朵、鼻子开始出血，你最知道怎么办。再说，善始善终，做人基本责任，对吧？"

男人还是冷漠无言。一路无言地开了一会儿，小男孩趴在男人身上睡着了。沉默有令人厌烦的尴尬，女人打破尴尬，声调亲和得有点低三下四：

"喂，我是不是——很像保姆？"

"不像。"

"那你，第一眼觉得我像什么？"

"像被欠薪的保姆。"

女人抄起车门边的喷雾。

　　男人说："彩带喷筒。你下车的时候,我看了。"

　　女人音量猛提,看不出是玩笑还是愤怒:"我保姆?!你他妈还像个人贩子!我今天才知道什么叫遇人不淑!"

　　男人说："是,我就是懒得拐精神病的人贩子。"

　　"你的破眼镜和紫鼻梁,怎么回事?"

　　"被人打了。"

　　"你打输了?"

　　"对。我们没有正当防卫的资格。"

　　"明白了,你们被人捉奸在床了。"

　　"恐怕比那更糟。"

　　女人语气再次低伏下来:"谢谢你!我儿子今天说了比一年还多的话。"

　　男人没有回应。

　　女人说："看得出来吗,他自闭?"

　　男人没有回应。

　　"你看不出来吗?"

　　女人在后视镜里,看到男人闭着眼但微微

摇头。

女人说："其实我非常苦恼。已经在约心理医生了，说先试一个疗程，五次一疗程。"

"他没自闭。"

"他爸说，他四个同学的孩子都自……"

"他没自闭！"

"专家说，现在有很多自闭症的孩子……"

"能目光对视，能食指指物，能正确表达，没有重复古怪动作——他很正常！"

"他这么看云，不古怪吗？"

"很多人爱云。我母亲去世的时候，正好看到窗外的虹彩云，她笑了，都忘了说遗言。"

"你妈是专业……"

男人高声："——他、不、自、闭！钱多你就约去。"

"……呃，还有，我儿子……"

"你他妈能不能让我打个小瞌睡？对，你不是欠薪保姆，你他妈就是欠薪保姆中的女流氓！"

女人笑了。男人闭着眼，没有看见她的笑。

十

酒店大堂的世界各地时钟中，中国时间十六时四十一分。女司机一路接了三个电话，可能怕光头再发火，她都是压低嗓子通话的，但光头还是听了个大概。一是，那个活动要延迟一刻钟左右，上个会议推迟了；二是有人送来的什么，女人让他交给门童，让门童放在总台；三是703房间可以休息。这些零碎的信息，让光头以为他可以到703房间休息一会儿，没想到，女人把他们领到咖啡座，随后，服务员送来了糕点和咖啡。女人说，我带他上去一下，你先吃点东西。

小男孩甩开了女人的手。他不走，不仅不走，还试图和光头男人挤坐一个沙发座。男人退到双人座上，男孩立刻也坐过去。女人看着光头。咖啡、曲奇饼干、坚果和布朗姆蛋糕，女人把咖啡杯推移到男人面前，男人无动于衷。

你喝点提神，我很快。她走了两步又回头，

耳语般说："天网恢恢。人贩子，我儿子信任你，我也想信任你。"

男人看着她，抄起精致的咖啡杯连托碟，重重蹾放到了隔壁空桌，咖啡汁荡漾弹溅到乳白的桌面。这是直截了当的拒绝，他们互相瞪视着。

小男孩大口吃蛋糕，自己给牛奶加了很多糖。女人往电梯方向而去，还不断回头看。

光头男人从手包里拿出纸和笔，开始画云。小男孩果然上钩，要求自己画。他在自己的双肩包里掏出了一本云绘本和一盒彩色蜡笔。男人去总台要了三张 A4 纸，和一条捆扎用的彩色纤维捆扎绳。男人说："我们说过的辐辏云，就是天街的那种，条条大路通罗马，对不对？看起来是连到天上车站的。天上的车站！你把它画出来，还有两张纸，你再画你看过的最喜欢的云。画满三张，我马上睡着，谁也不许讲话。你画得好，我就能梦见你画的云，只要我俩的脚用绳子连接好——不能断开。到时候我醒来就能告诉你，你画了什么云。"小男孩兴奋得两手直压自己的脸颊。

　　光头男人终于让自己躺下了，他侧蜷在双人靠背沙发里，小男孩跪坐在他身边的单人沙发上，他小心保持绳子的连接，他一点也不想吵醒光头。小男孩全神贯注，在和光头男人的梦云比赛。二十分钟左右，一个穿黑色西服的苗条挺拔的女人过来了。

　　男人在酣睡，小男孩在酣画。女主管一眼就认出了这个男人，尽管他侧脸灰暗、胡子拉碴，胶带缠住的眼镜更是邋遢狼狈。但女人为了确认没有认错人，特意绕着观察了两圈，然后，她轻轻在小男孩脑袋边耳语：

　　画得这么好呀？

　　小男孩置若罔闻，专注上色。

　　女主管说，他是谁？

　　小男孩依然在画。

　　女主管拿起了桌上的小象，小男孩一把按住。

　　女主管说，你要不要吃软心巧克力？

　　小男孩不睬。

女主管说，他是谁？

小男孩依然上色。

女主管厚着脸皮，哎哟，你是画前天来的七彩祥云？

男孩这才抬头看她，点头。

女人微笑，他是谁？

爸爸。小男孩边画边说。

女人发蒙，怀疑自己听错了。她再问男孩他是谁，小男孩一把推开了她。

女主管回到总台，示意大家不要打扰咖啡座的人。她自己走出酒店大堂，开始拨打电话。

SUV女司机下楼了，她边走边接电话，出了电梯往咖啡座而来。时间是下午五点三十。

咖啡厅奶棕色的地毯完全吸音，光头男人在沙发上侧身蜷睡。女司机重新叫来热咖啡和糕点。服务生离去后，女人看了看时间。她不准备马上叫醒他，她拿起手机，为蜷睡的男人和作画的小孩拍了合照。相连的黄色纤维绳，得到了细节突出。女司机脸上浮起笑意。

男人微微睁眼，又闭上了。桌边流光溢彩的身影，令他有点迷惑，揉了揉鼻根他坐直了，渴睡的眼睛还是非常生涩。揉捏鼻根动作，让受伤的鼻梁钝痛，他清醒了。戴上破眼镜，明白都不是梦境：那个休闲邋遢的虎狼女司机，已经判若两人。她坐在他右侧、面对大堂的单人沙发上。女人的头发洗吹之后，干净轻盈、丰茂微鬈；一身紧致垂悬的黑裙，被她的二郎腿，勾勒出漂亮的腰臀曲线。黑色的高领下，是一片倒扇形的白皙裸露。没有任何首饰，也许自信，也许忘了戴。以光头男人的眼光，如果她再丰满一点，肯定更令人窒息。但显然，这女人不在乎，二郎腿上跷着的那条腿的脚尖，挂荡着考究的黑高跟鞋；她的锁骨和挺直的平整颈背，倒散发着知性的美与果敢。光头男人伸了下懒腰，感觉自己就像走出了通宵鏖战的手术室，完成了一个复杂的高危手术，终于回到清新的满天星光下。这是他从深夜的手术室出来，经常有的舒服感觉。

女人好像都是魔术师啊，到底有多少女人

会来这一手：一放任，就鹰头雀脑；一收拾，就貌若天仙?

　　但男人看到了她端咖啡的手，他几乎顿起反感。那只拿咖啡杯的手，无名指的指甲缝里，有着明显的灰线；另一只放在手机上的手，食指和大拇指指甲缝里，也一样有细细污线。男人恶心至极，转开视线。女人看起来在悠闲地喝咖啡，实际她的眼睛越过咖啡杯，一直盯着大堂里进来的人们。女人很敏感，她还是感受到了男人的反应，立刻把手机上的手，藏到桌下。

　　光头男人站起来，女人不看他，但一把拽他坐下。他顺着她的视线看，大堂那边，一个高大的白衬衫男人走向总台，他取回了自己的房卡。手搭棕色外套的"白衬衫"，身高体厚，气宇不凡，他一路低头看着手机。他身后几步远，一个栗色斜发髻的紫灰长裙女人跨进大堂。她双手拿着手机，边走边双手按键，在回复着什么。从她的侧脸看，十分甜蜜可人。

　　光头男人不明就里，他还是想离桌活动一

下筋骨。女人却死死拽住他，一边在回应打进来的电话。男人嫌弃地看着她拽着他衣服的手，既厌恶那条指甲灰线，又忍不住被那些污线吸引，这让他情绪更加恶劣。他摔开女人的手。

"你的重要活动，就是鬼鬼祟祟喝咖啡吗！"

女人收起电话，看着男人。

她似乎也有点不知所措。她的眼神黯淡飘忽，有点像病房里濒临死亡的病孩眼睛——他们还不认识生，就要接受死亡了，那双眼睛困惑大于恐惧。那个叫刘博的男人，不想回应这样莫名其妙的无助眼神，他转开眼睛。

女人开口了，嗓子很哑，就是突然近乎失声的沙哑，她说："我在捉奸。"

男人心里一震，低头看她。女人幻灭的眼神，挫败而自卑，和她强劲高贵的黑裙，形成显著的反差，这不由令他恻隐。他又坐了下来。小男孩还在画云，那是创造者的入迷状态了。女人深深垂下头，男人有点害怕女人哭泣，但只是数秒后，她一甩长发，又侧扬起了脸。这

张脸是俊美光洁的。刚才被她的曼妙身形席卷
的男人，这才注意到她额角宽广饱满又线条清
晰的脸。小男孩很像她。原先秋茄子一样的嘴
唇，因为用了车厘子色的哑光口红，比丝绒黑
玫瑰的花蕾还性感。之前，他也不记得女司机
是什么形状的眉毛，现在，他看到一对流动蓬
勃的帅气眉毛；但随着脸一扬，这张脸又出现
了倔强和不羁，男人不由联想到了斗兽场。作
为男人，他还隐约虚荣地觉得，她需要他。他
回应了她。

十一

　　女人手机信息提示音震了一下，她一看马
上站了起来。随后，她嗅了嗅儿子的头发，又
意义不明地拍了拍光头男人的肩，快步离开。
男人看了一眼总台的时间墙，总台的中国时间
指向十八点十四分。男人无聊地看着那个匆促
的黑色背影拐进电梯通道。收回目光后，他又
百无聊赖地直身，想看看小男孩的画作。小男

孩立刻用手遮挡，并用小象挡出隔离线，表示拒绝。男人便重重后仰，闭着眼休息。

唐秘和三个小伙伴，和老板娘在等候电梯的大通道胜利会师了。有人提着总台取的漂亮蛋糕，有人捧着大束鲜花，有人拿着彩带喷筒，一行人兴奋得叽叽喳喳。这些干练的行政员、市场推广的灵巧人，激动亢奋中，没有忘记给老板娘以密集的"惊为天人"级别的热烈夸赞，夸得女人忍不住一直偷瞄电梯镜子里自己的样子。她并不喜欢这类富贵感的衣裙，但是，她确实看到自己的美。这是一个相当正面的激励。女人抿嘴看着摩拳擦掌的"捉奸小分队"，唐秘还神气活现地晃了晃手里的文件夹，用她的话说，一切精准到位！

一出九层电梯，一行人就互相嘘嗫声食指，其实，通道里的厚地毯完全吸音，但他们就像鬼魅一样，诡秘夸张地飘行到了918房前。看年轻人狂喜亢奋的乐活表情，女人也有过闪念，是不是踩下急刹车，不要就这么昭告天下，但是，年轻人眼神默契地最后互相确认"准备好了"的信号时，她也不由点了头。

唐秘镇定地敲了敲门。笃笃。里面鸦雀无声。

笃！笃！唐秘再次敲了门，这次敲门声更重了。

又隔了几秒钟，唐秘正要再次敲，里面传来含糊的男声："谁？"

这个声音，女人太熟了。她感到自己口干气短，脑门发凉。

唐秘语调沉稳："是我，綦总，小唐。"

"什么事？"

"锦天市政府发来一份传真急件，曹副总请你签字。"

"什么内容？"

"不知道，可能跟晚上会谈有关。"

"我肠胃不适，晚上我不去。"

"曹副总说得你签发走个流程。"

又过了十来秒。

制造惊喜并期待惊喜效果的年轻人，简直快被他们预想的高潮憋疯了，他们彼此扭曲着身子，互相狰狞着鬼脸，故作僵直地摇摆长臂，缓释着临爆的压力。

门，终于开了，但是，开得很小，綦总伸手拿文件夹。

一束花重重压在他手上，门差点被推大，但高大的綦总控制住了。与此同时，楼道里爆发出突击式的恐怖欢腾，彩带乱喷，生日快乐的狂欢呼啸里，市场部的那个奔放女孩，把指头放在嘴里，吹出了足球场上的那种尖厉呼哨。綦总立刻拧起眉头，他借这个疯狂的呼哨，表达了不悦。其实，他一眼就看见了他的妻子，她笑盈盈的脸，莫名地令他极度愤怒。

没有惊喜。门里的男人，表情复杂，他对手下拱了拱手，脸色冷峻。但年轻人都以正常的想象力，把这个表情解读为"老板彻底反应不过来"，这个傻傻的小分队反而更亢奋了，他们试图奋勇进屋切蛋糕。綦总一声沉喝："谢了！我需要休息。敢把我从马桶上骗开门，也算是心意吧。谢谢大家，我发冷我很难受。"

女人把蛋糕交给唐秘，顺水推舟："綦总

肠胃不行，你们就拿去分了吃吧。"

女人手上黑色的彩带喷筒并没有交出，但突然的急刹车，让年轻人面面相觑。这么有趣的事，一下子就冷场了？是继续热心热闹走完庆生流程，还是包容理解老板病痛立马暂停。彷徨迟疑中，就在这个时间点，远处，电梯门开了，一个呼喊而近的嘹亮童声，在通道里云雀一样高叫。

女人急速挥手，示意年轻人快走。

十二

光头仰靠在沙发上，消失的睡意再也蓄不回。他不时微眯眼看专心作画的小男孩，大部分时间就闭目养神。他没有注意到，更想不到，那位黑西装主管，若无其事地再次无声地来到他们桌子边，掩饰着用手机给他和孩子都拍了照。

男人的电话响了。就在他低头掏手机的时候，女主管立刻转身离去，但光头还是大致辨认出她的背影来。来电是院办负责人："那个泼妇，被你揪头发的那位，说腰被你甩得让病床撞断了骨头，越来越痛，要求拍片。"

光头说："拍去！有问题，费用我出；没问题，她自理！"

"孙院的意思，你休息好了还是马上进来，别让事情发酵。反正也是你的病人家属，就说点软话，哄哄绝对能摆平。"

光头说："让我道歉？！"

"不是，道歉的话，护士长和我们院办都说了一箩筐了。闹事的夫妻，还是怕你。"

"怕我？！我他妈眼镜还没修呢！他们赔吗？！"

"院长的意思，大事化小小事化了。不然，他们乱发朋友圈、微信什么的，很损坏医院形——"

小男孩是突然站起来的，他手指着大玻璃墙外的天空，两眼发直，直瞪着外面的天空，张口结舌。光头男人被男孩的石化动作惊到，他"嗯嗯"回应着电话，顺势看向酒店外面。

露天停车场那边的天空，已是一大片的粉绿、深蓝、浅紫，如明丽的丝缎飘展在高空。他不是因为惊讶不再回应电话里的声音，而是小男孩拔腿就跑，而孩子忘了自己和光头脚上相连的绳子，绳子一绊，小男孩一个狗啃屎跌了出去，男人也一个趔趄，手机摔飞了。

小家伙一骨碌起来，因为解不开绳子，像青蛙一样，双腿乱蹬。光头男人赶紧按住他的腿，为他解绳。男孩急得捶地。"别急，"光头男人说，"它至少会持续二十分钟。"小男孩已经激动得面红耳赤，呼吸急促，他一摆脱绳子，就向电梯通道飞跑。这个不擅奔跑的男孩，跑姿有点跌跌撞撞。男人顾不得解开自己这头的绳子，从另一个桌子的沙发下捞出手机，也猛追。小男孩的奔跑已经无人关注，因为很多服务生和客人，都往大堂门口而去，在各色人等的大呼小叫、赞叹和跳跃中，人们纷纷掏手机拍照。

没错，虹彩云来了。

男人很怕小男孩跑丢，他边追边喊："你

去哪？"

这个沉默是金的小家伙居然大声回应：
"918！"

男人差点再次摔跤，他被遗留在脚上的一
段纤维绳绊倒，往前冲了好几步才平衡了身子，
但他还是用另一架电梯追上了九楼。

小男孩冲向 918 房间。

抱着大蛋糕、闹生日未遂的年轻人的讪讪
队形，被一往无前的小男孩穿越而过。918 房
间门口，夫妻俩互相对视，男人的深沉冷峻，
对抗着女人的莫测巧笑。"我来得不是时候？"
稳操胜券的女人，显然想做出一个温柔的眼风，
但是，她的表情不够圆润。丈夫看穿了女人的
心机与叵测的妩媚，他按抚着自己的腹部，一
只手潦草拥抱了女人。

也许丈夫在等闹生日的年轻人走得更远，
也许妻子在等待小男孩走得更近。夫妻俩沉默
而潦草地拥抱着，间隙不是亲吻，是泰山压顶
的对视。

这活火山一样的拥抱，同样被一往无前的

小男孩穿越。

　　小男孩冲进房间，一把拉开窗帘，同时踮脚跳叫：看！——看！

　　夫妻俩呆怔的瞬间，临时监护人也随之闯进，他在小男孩开辟的通道里，直奔窗前，他帮助孩子彻底拉开了沉重的双层遮光大窗帘。

　　做丈夫的男人反应比妻子快，他一把搂转女人，把她连拥带推，搂送到窗边。此时，他们一家三口都站在了看得到虹彩云的窗前。大衣柜在他们的身后，因为角度不理想，丈夫把妻子推向贴窗位置，他简直要抱起妻子，而不是矮小的儿子。而光头男人早已后退避让，他看到了大衣柜下露出的紫灰色长裙的一角。

　　光头踩上去一拧脚尖，裙子机灵地缩回衣柜。

　　酒店窗子只能推一条不大缝隙，但即使开窗有限、角度有限，窗框还是显示了云彩后半部的传奇异彩，它已经超尘脱俗、美轮美奂。小男孩发出原始人或者兽类的尖叫。那个做父亲的，脸贴着妻子，呼应着儿子，也发出原始人一样的夸张号叫。

光头男人再次回头，衣柜内置灯亮着。他知道那个女人顺利逃亡了。

与此同时，小男孩突然急推父母，掉头就往房门口跑。光头迟疑了一下，他当然明白那对夫妻斗兽场般的血腥对视，休战只为儿子的虹彩云。光头男人不得不重拾责任追了出去。小男孩一路直奔九楼转下半个楼梯的自助餐厅，来时他就看到餐厅另一头连接的千米大天台，那是天高地远的"龙脊"所在。而光头多次在那用餐，也在那银河星光长廊里散过步，小男孩一往那个方向跑，他就明白了。

大地暮色渐起，天上的云彩，却明丽如新日发轫。这一份与人类不般配的世外美丽，使天地都虚幻起来，而虹彩云是活体，它在呼吸、在舒展，它迤逦曼妙，令人呆怔。

只有心事如铁的人，才不会被它点燃。918 房间内，女人看到了大衣柜灯由亮转暗的灭灯一瞬。这明灭交替感转瞬即逝，就像不曾存在过。被武力搂抱着推向窗边的女人，其实第一眼就看到了午间合并的大双人床已一分为二，又恢复为原来的标房小床。是的，那双一次性的拖鞋彻底消失了。女人看着虹彩云瑰丽奇幻，再看一脸发青的冷峻男人，她的大脑，有一种类似缺氧性困顿：他们身手真快啊，半分钟不到。

门虚掩着，但楼道悄无声息。男人过去把门开得更大，碰死。

门开再大有用吗，谁能跑得掉？女人嘴角一直保留着骟人的甜蜜，男人看透了这份骟人的笑意而进入更严酷的防卫模式。七彩祥云在天，窗里的人，只感到看不见的剑影刀光。女人端详着丈夫：理亏而不妥协的气盛，说明了什么，说明了女人的价值已经损耗到不值得维护了，不是吗？女人夸张笑容里的诱惑和无知感，是山河破碎的自我抵抗，却令做丈夫的男人格外恼怒。他太清楚这个女人的聪明，而柜子对他而言，是个致命的悬念。他咬着牙床，回避她的注目，拿出电话打，他要对方给他马上买点肠胃药送来。女人在大衣柜边踱步，轻声慢语犹如对当年热恋的嘲讽：

"一日不见，如隔三揪——揪不是秋啊。但我是想给你惊喜的，没想到惹你这么不高兴。"

"我只是肠胃难受没心情。你来我高兴啊。"丈夫坐在沙发上，一手按摩着腹部，"一阵阵抽痛恶心，我可能发烧了。七点多还要开会，做男人很累。"

女人坐在了男人身边，歪头看男人。男人伸手搭了一下她的肩，又开始按摩自己的腹部。

"你一直没有正眼看我啊。这黑裙，你说好看，我就买了，八九千呢，值得吗？"

"喜欢就值得。"男人看着窗外，说，"晚上我可能回来比较晚——那些官员你知道，都是一场二场连三场。"

"既然这么难受，就让曹副总去好啦。"

"涉及投资转移，我不去，他不敢拍板。"

"哟，你在出汗，痛得很厉害吗？"女人抚摸男人额头。男人偏开脑袋，说："一阵阵的。吃点药就好。"

"真没事？"女人笑，"那运动一下？以前你总叫它祖传偏方百病消。"

别逗了。孩子和药，马上就进来。

女人以妖娆甜糯之姿，重重地坐进男人怀里。她开始拉拉链。

男人一把推开她，站了起来。

女人不为所动，依然保持夸张的燕语莺声："当年柳下惠……"

在大衣柜面前，男人愤怒焦躁得几乎崩盘，但他只能还以温柔，快去看看你宝贝儿子吧。

女人起身走动，她手拿黑色的喷筒，扶风摆柳在衣柜前来回走，突然，她对着大衣柜门喷射，深蓝色的玉米粉，纵横交错喷在柜门上，整个房间立刻蓝雾腾腾。丈夫目瞪口呆，随之他弹起身子，像要保护柜门，但他马上意识到没有意义，因此，他站直了，干瞪着女人。女人哂笑：

"綦志伟！你别再紧张出汗了，也许里面是空的。"

男人的困惑表情很到位。这个表情是真实

的，他是希望柜子里的女人趁乱出去，但他心里没底，她是否身手敏捷，抓得住这闪电般的天助机会？同样的，他之前一直寄望妻子没有发现柜子异样，现在，显然，一切都证明妻子的表情内涵复杂而阴暗。

女人却引而不发。她不开柜门，但她的手在柜门上的蓝色粉末中，来回游走，像是弹钢琴。男人几乎窒息，他感到柜子里的人，会被这样的弹奏弄休克。

"说吧，怎么回事？"

"你疯了？！你看不出我病了？你以前从不这样！"

"对，以前！以前我会做三十七种男人所需的滋补靓汤；以前，你一不舒服，我就帮你艾灸、精油按摩、送药；你和儿子，就是我全部幸福生活的人质。只要你好他好，我赴汤蹈火零落成泥碾作土，甚至粪土也心甘情愿。"

"唉，我都知道，但你今天好好的发神经干吗？我是病人啊！"

"对，今天来了虹彩云。"女人对窗外挥

手，满面嘲讽感的夸张春色，让男人想狠狠揍她，女人说，"你现在装病晚了！下午两点，我就站在这个位置。请问綦总，你们自己搬运的双人床，会比大床房更好做体操吗？"

"这房间从来都是标房！小唐没有订到大床房，还被我骂了。不信你去问！"

"两双穿过的性感拖鞋，女款的也不见了哦，可能连腿还藏在衣柜里——你要不要亲自开门看看？"

"吃错药了你！"男人爆出了吼声，但他很快稳定了语气，"别发疯了，我很难受，一直反胃想吐，我要上卫生间。你去管儿子吧，我们再谈吧。"

"有人看护着呢。綦志伟，说真话吧，我想听一句实话。"

"这就是实话。我不知道服务员是不是给你开错了房间。这样吧，我们都冷静一下，你去看儿子，我去趟洗手间，我上吐下泻……"

女人挡住了他。

"你以为那个物理系的高才生是白读的

吗？中午一进来，她就拍了精彩床照。卫生间里，那女人拉下的两样东西，她也拍了——其实，不是傻，是给你个说实话的机会。很遗憾，你没有通过。"

男人两只手捧着腹部，仿佛胃痛难忍。

女人猛地拉开柜门，柜里空洞明亮。

女人略微一震，也有奇怪的轻松感，但她一笑而出，并摔上了房门。

十三

天空蓝得有点发紫。在人们看不见的深空，一定有清泉水在一遍遍荡涤，只为那个时刻，那个丝缎般时刻的到来。也许它不是神祇过境、仙女西行，它只是让有的人，看到自己在天上的美的倒影；只是让有的人，看到自己真正的老家。

龙帝大酒店 S 形的千米龙脊，已经被镀上香槟色的薄薄夕晖。西二郭湖整个水面，金箔闪烁。光头男人站在星光餐厅通往龙脊长廊的玻璃大门口。近千米长的宽展龙脊，的确是最好的观云地了，但因为饭点时刻，那飘带式的超长平台上人影寥寥，更显得那个五岁的孩子，在天地之间的细小孤单。自助餐厅里的食客，没有人发现大玻璃墙外，旷世的奇云，在高天招展；大餐厅内，灯光美食的香氛氤氲里，人们穿梭于一盆盆新鲜的佳肴美味间。在人间，美食就是许多人最美的天。不习惯看天的人很多，一辈子不抬头看天的人也不少，人们低头于在地面奔忙、饕餮、追逐、获得而心满意足。

小男孩面向西天，细小的双臂张大到极限，十个指头，也大张如某种带吸盘的小动物。小小的身影，在用力拥抱，他似乎要把天上的各色云彩，全部揽抱到他瘦小的怀里。他可能是意识到了云太大太大，颓然垂下了小手，看起来像认输的云俘虏。

多次邂逅虹彩云的光头男人，也被今天这浩大的云天画面震撼到了。太磅礴了。

天边，西二郭湖的水面由金转棕，水库边的树梢和山峦，颜色黑棕庄重。大地的肃穆，更映衬出西天高空上，流丽万端的虹彩云。宝蓝一泻的天幕上，兀自绵延气象万千的那抹宝石般的瑰丽，因为过分超然与靡丽，有了收摄魂魄的迷幻感。光头男人觉得，这是他见过的最磅礴飘逸的虹彩云，它简直就是高天里横过人间的仙锦魔缎，在天空自由飘扬。

　　也只有到了龙脊，天高地远，才能看清今天虹彩云的全貌。它就像一前一后两只迎风而飞的天鹅翅膀，后面这扇漫天巨翅，从翅膀根的紧实到翅膀末飞羽的轻扬，颜色阶梯，在流丽渐变。翅膀根上，可能云层太厚，只有薄的边缘，被透着橙光的金绿色勾勒了轮廓，然后，整个飘飞的羽翅，在湖蓝、湛蓝、果绿、淡黄、粉紫、紫蓝、柠檬黄、金棕中，晕染魔变，逆风飞翔，又犹如仙丝柔道在高空梦幻翻转。大翅膀渐渐拉长，但始终在色变中保持明丽的绚烂，有时候是天蓝、粉绿缠绞着淡紫罗兰；有时候，整个底部陡然灰红又翻出清新的灰紫蓝，随后是柠檬黄转淡绿浅粉，最后，翅膀的亮度开始渐渐散淡。就在光头男人以为虹彩云就要谢幕之际，天空的巨翅从中间开始，就像高光核爆，腾涌出耀目的白金色，以它的亮黄金色为中点，金粉绿、金橙、金黄、金红次第铺展开，天空瞬间光亮沸腾，越来越炫目。这才是真正的高潮，它就像一种浩瀚的呼唤，正普天而降。

小男孩仰天呆立，就像电击过的小布偶。光头男人走到了他身边，孩子已经泪流满面。光头把手搭在孩子小小的肩上，搂着他的小肩头。小男孩没有回头看光头男人，他的眼里只有天上的虹彩云，就像在谛听云的呼唤。

餐厅的自动大玻璃门又开了，黑衣女人站在门口。

犹如一个天人之约，她看到了万里长天上，最绚烂的绝世云彩。

她扔掉了手臂上的风衣，向他们走来。虹彩云照亮了她的微笑，天上地下，各自明丽万千。她就像走在T台上的模特，蓬松的发卷，随着弹性的步伐在脸边自信跳荡。当小男孩和她一对视，女人立刻俯身，平伸双臂，对高空的虹彩云，做了很不模特的大波浪身形。一脸泪痕的小男孩，因为激动，因为有了生命中最为重要的见证人而再次泪如泉涌。他哭出了声。

女人奔过去，贴脸了小男孩，把自己的手机递给他。

光头男人有点困惑，他一时不能理解这个捉奸的暴虐复仇者，怎么忽然如此若无其事、意气风发，918房间里发生过什么？是丈夫成功地摆平了妻子？还是另一场恶战，正在酝酿中？本来，光头男人以为女人没空赏云的，现在看起来，容光焕发的女人，没有错过虹彩云的云约。她看起来似乎正在滋长恢复自我、修复破绽的能力。

光头男人退往身后的长椅，坐了下来。小男孩亢奋于各种拍照中。

女人绕着草坪走到光头身边："看到了吗，我走过的这一块，和我家天台上种植的菜地差不多大。之前，人家告诉我，一家人，只要有席梦思那么大的一块菜地，就吃不完了。我不信，我一口气种了两张半席梦思那么大的菜地。"

光头男人点头。

"地大，品种节奏能更好掌控。完全不用去市场买菜，我儿子、先生吃到了最新鲜、最安全的有机蔬菜。因为吃不完，我每周开车二十多公里，把新摘的蔬菜，送到我公公婆婆家，顺道送到我小姑子家。再多，我就送给左邻右舍，送给物业。"

光头男人隐约感到了沉重，他凝视着若无其事的女人。

女人则望着开始黯淡的天空。他才意识到，她平静正常的声音，其实很悦耳。

"他两三岁都不说话，我决定放弃工作。医学研究证实，农药与自闭症密切相关。我信任有机食品的治愈力，我信任食品是人类与大自然最深刻的连接。我没有种过菜，但是，我从头学。我去水源最干净的农村菜地，买了三万块钱的泥土，拜了三位老菜农为师。我知道怎么清洁土壤，每次使用后，又怎么修复它们；我知道用鱼粪、厨余垃圾、香蕉蛋羹、灰烬、豆渣，自堆有机肥；我去购买加工处理过的鸡粪、牛粪；每天，两三个小时，我在天台上浇水、施肥、捉虫；周六周日，除了陪伴儿子，我都在打理天台的绿色菜园。每个季节我的菜园都生机勃勃，芥菜、青椒、空心菜、油菜、莴苣、芫荽、西红柿、秋葵、丝瓜、豆角，还有迷迭香、薄荷、芝麻菜……"

女人声腔里有清美的齿音，渐渐失色的虹彩云余光，依然让她的微笑，柔暖和善。

"有一次，我公婆因为我送菜耽误了他们的门球比赛而劝我不要种那么多。我丈夫说，你们就知足吧，你媳妇是可以把火箭送上天的人，这样的人来给你们种菜、送菜，你们是上辈子修了高速公路，还是造了跨海大桥。"

女人一直笑着，就像说别人的段子，可是，光头男人感到了寒意。她春风明媚的脸上，第一颗泪珠越过睫毛后，其他的便一颗连一颗地掉了下来。她依然努力微笑："我儿子爱吃我种的菜——不过，现在，他爸爸已经觉得农药与自闭症的关系，是专家扯淡。"

女人对着光头张开她的十指，手心，然后是手背。那个叫刘博的男人，看到了那双手，手指修长，但手心粗糙，至少有三个指头的指缝发黑。光头男人的恶心感略减，但还是不舒服。

"你该戴手套。"

女人说："两三天就要拔草。最难根除的是酢浆草和天胡荽。酢浆草看起来茎细好拔，但根系下面却留着透明大颗粒，在土壤深处，手指得插下去才能摸索到，才能清除；天胡荽的根，也是环绕纠缠。你只能铲起泥土，掰松，像清理蜘蛛网一样，才能拔除。戴了手套，手指就不再灵活。插入指甲缝的土，可以剔出，但被污染的弧线是清洗不掉的。如果场合需要，我会腾出时间去美甲，把它们遮掩住。不过，这些年，已经没有什么需要我的重要场合了。"

女人始终微笑着，隐约露出洁白的牙齿，莫名令人酸楚。那些流淌的泪水，荒谬得像是别人在流泪。

　　光头男人很想安抚这个女人，就像拥抱那个小男孩；但是，女人的微笑又令他迟疑。他干咳了几声，说："呃，呃，我不是说你，而是……那个……很多女人，为了一个男人，把全世界关在门外，很蠢。就等于把自己关在牢里，男人回家，她就像被探监一样高兴。她不知道虹彩云，也不知道人间的紫灰裙子。"

　　女人一下瞪大眼睛。

　　"你看到啦？！"

　　光头男人摇头。

　　"——你看到了！"

　　光头男人耸了耸肩："我一定懂你的意思，但我和他，"男人一指小男孩，"我们两个男人都认为，地上的任何裙子，都没有天上的虹彩云美——你愿意让你儿子——看到哪一样？"

　　女人终于言行一致地哭泣了。她放声痛哭。

　　光头也终于感到了女人的脆弱无依。咖啡厅的那个眼神，那个濒死患儿般无辜绝望的眼神，是孤苦真实的。女人哭得呛咳，她跪在地上咳着哭。

　　小男孩听到了妈妈的哭声，他急忙往回跑，他站在两个大人跟前，轮流审视着他们，眼光里生气又有点狐疑。女人看出了孩子的担心，她把双手平伸给光头，那个叫刘博的男人，把自己的手覆盖上去，他们互相牵住了对方的手。小男孩羞怯地笑了，他扔下手机，把自己的小手，也叠放上去。

　　女人说："我知道封闭体系里的熵增与死亡，我更知道，抓住了胃就抓住了男人是个愚蠢笑话。我也知道所有的爱情，都会被操持家务磨损……"

　　玻璃门那边，那位黑西装女主管身边，还站着一位着套装的短发女子。她们是亲姐妹，她们都拿着手机，在给三个彼此握手的人拍照。

　　虹彩云已经全部转灰。

十四

　　白色 SUV 车开出了龙帝温泉大酒店的林荫

道，时间是晚上八点二十分。

光头说："你确定不去儿童医院了？"

"嗯。"

女司机说："在儿童医院候诊的时候，我就知道我儿子没问题了。"

"那好，你按我的导航开吧。"

女司机点头。小男孩不怎么看星空，他还是喜欢云天，他问："明天，它还来不来？"

两个大人都没有回答他，他就打了一下男人的手臂，这个动作，把问题归属了。男人说："可能还来。"小男孩一指驾驶者，说："她有一条很多颜色的裙子。"

男人说噢。

那么多颜色从哪里来？

也只有男人接得住孩子跳跃的思维，他说："穿过薄云的太阳光发生了衍射，薄云里有均匀的细水珠——均匀的冰晶也可能——小冰晶的云是贝母云，我们说过的，它是高云族——反正它们都是均匀的小水珠或小冰晶，把太阳光藏着的赤橙黄绿青蓝紫都散出来了。只要云很薄，很均匀，很自由……"

小男孩说，妈妈的裙子，风吹到天上，也是虹彩云。

当然。所有的妈妈都是虹彩云。她下来给你种菜做饭，就变成雨水；她要做她自己，就又会飞上天变成虹彩云。只是呢，很多妈妈忘记自己是虹彩云，所以，就变成天天下雨的雨水了。

二十分钟后的夜街头，就能看到超过杧果行道树很高的协和医院鲜红的大招牌。导航说，过红绿灯就进辅道。女人一看到了协和医院大招牌，就扭脸看光头。那个叫刘博的男人，在低头看新进来的微信，随之黯然一笑。

女司机说："彩票中大奖了？"

男人念："一、重婚罪，指在有合法配偶的情况下又与他人结婚或建立事实婚姻所构成的犯罪；二、离婚冷静期，过错方和非过错方，照样可以调整财产分割五五比例。过错方拿小头。"

女司机说："法律课？"

男人说："对，最后一课。再过三小时，有个女人也要变回虹彩云了。"

女司机忽然感到失落，自问自答般："有多少虹彩云为别人变成了雨水？"

男人摇头："水云选择，不在婚姻，也不在男人，全由女人自己决定。女人都是天空大地的养子。你儿子都知道，只有最轻盈、最自由的云，才可能变成虹彩云。"

协和医院大门口，车子靠边，那个叫刘博的男人下车。车子启动而去。

行驶了十几米，车子停了。男人疑惑着走过去。

女人把一本驾照还给男人。男人接过，再次挥手让行。他看着白色车在杧果行道树的斑驳光影下远去，但是，二十米不到，车又靠边停下了，打着双跳灯。那个叫刘博的光头男人，跑了过去。

女人降下玻璃窗，说："他还有事。"

后排玻璃窗也降下，男人看着孩子。

小男孩说："我的书，什么时候给我？"

男人有点忘了。

"给云打分的。"男孩说。

"噢,《云彩手册》。让她把地址发我,买好了,我寄给你。"

"她刚刚不高兴了。"小男孩说,"还嗷了一声。"

女人扭身敲打小男孩的头。

光头走到驾驶座那边。过往的车灯里,女司机脸上的泪痕在暗亮着,她僵直地看着远方迷离的灯光车流。男人伸手,拍了拍她的头顶:"别连夜往回赶了,拐弯不让直行的人,夜里更危险,还带着孩子。"

女人点头,声音暗哑:"其实,夜间开车我眼睛很花,但我,不知道去哪里好……"

女人又说:"你现在去哪?"

男人说:"去找一个该死的人道歉——你别回去了。"

男人又说:"到家都半夜了。"

每一辆过往的车灯,都让女人的新泪汩汩暗亮。

　　男人说："真的，别回去了。"

　　女人说："我在想，我是不是该去找我儿子最喜欢叫爸爸的那个人。"

　　男人倾身拍了拍车窗框："喂，小伙子，你有几个好爸爸？"

　　后座的小男孩伸长两只手臂并拢后，双剑合璧般，直直指向车外的光头男人。

　　那个叫刘博的男人，忍不住笑了。

　　他对着女司机说："别回去了。听话。"

　　他声音很轻，后排的小男孩听不清他说了什么。

有人来了

刁咪说

这个小区是危险的。

我说过，我一直说，我不喜欢不喜欢不喜欢这个小区，他们不听。

前年冬天，他们一要带我进来，我就坚决反对。"知足里"比这暖和，是那种地面就有的暖和。这里，寒气遍地，寒气遍地也不算什么，关键是臭。还没进小区，那些味道就灰尘似的打脸熏眼睛。从保安栅栏的大门进去，左边这半边里，一路都是烂葱头的味道，右半边呢，都是各种生殖器的气味。我在车里的感觉非常坏。我叫喊着一直抓挠车门：回去！赶紧回去！快回家去！他们笑着，说猫都是怕生恋旧的。又说猫恋屋、狗恋主，养猫其实真没用。他们又炫耀地说，好啦好啦，别鬼叫鬼哭的了，是去我们新家啦，"挪威森林"是全市最大的小区哦。以后你们几个出来遛弯，就会知道这有多大！啊呀，你们甚至不要出来遛，因为我们家有个大院子就够你们几个疯的了。他们中的两三双手轮流按住我，抢着抒发对新家的梦想：

我们家院子里，要有田园风光，架上紫藤——

葡萄比紫藤好，葡萄架下面又阴凉——

院子里要种空心菜和四季豆！

外围用牵牛花爬墙！啊，蓝色的牵牛花！

养锦鲤——水池不要太大！

要有茉莉！蔷薇！除了人心果，还要种木瓜！

仿古青砖地，可以铺瑜伽垫子——

水池边要搭泡茶台！

秋千架还是要漆成瓷白色……

哇——整个院子，鸟语花香，嗝嗝，人间仙境……

……

想得多么美。这些不长毛的傻瓜！

他们不明白，大卫和四哈也一直在车里打喷嚏。大卫、四哈的嗅觉，比我更灵，它们在四公里外就闻到了那些不良气息，不然它们就不需要靠轮流打喷嚏来协助呼吸，来改善头晕脑涨。新房装修期，它们就来过几次，每次回去都像鼻炎发作，四哈把唾沫丝都打到下巴上飘荡着。大卫跟我承认说，这里空气比较不一样。但所有生物都知道的，自有"人狗史"以来，狗对人，就是毫无底线地盲从和愚忠，导致它们在人面前，毫无是非感与判断力，成为动物史上特殊的变态生物。有个在人间传说的真事，还是一个人类高知的故事，说他小时候，家里每到过年时，就要宰杀自家狗，大吃一顿狗肉。那人感叹说，很有意思啊，看到我爸我哥拿刀拿棍子开始围堵，我家的狗，都不知道躲。被砍到被打到，它会痛得跑开，我老爸一招手，它又血淋淋地回来了，还摇着尾巴。再砍再打，它再次痛得跳开，可是，我老爸再一招手，它们还是会回来，直到被活活打死。那个人的家里，每年养一只狗，每年春节前都那样杀，他从低知吃到高知，时光流逝了，而每一只狗都那样反应。所以，你说吧，人要是向大卫、四哈去征求搬家意见，你都不用猜，它们一定会热烈摇尾巴。

去啊！去啊！我们要和你们一起去！

去啊！去啊！我们要和你们去住新家！

——你知道，它们的脑子是长在尾巴里的。

三得子黑鹦哥乔迁得比我早。它是在我之前，被他们连着鸟笼，直接提进新家去的。一看到我进去，它就在笼子里叽叽咕咕地抱怨说：

什、么、鬼、地、方！搞什么鬼！

你说搞什么鬼！

那些没长毛的人，总归是嗅觉迟钝、脑子单纯。他们以为，人人争抢的肯定就是宜居宝地。他们不是用身体来感觉事物的，他们只用他们并不是很好用的大脑来比较、思考。这也是没有办法的事。住了一年后，我也慢慢麻木了对这个地方的不吉祥的锋利感觉，大卫和四哈也不再剧烈地打喷嚏了。但是，好了！就在我们全家大小都开始习惯住在这个"挪威森林"的时候（包括在马屁精和女王身份间变来变去的三得子），结果，出事了！说是被什么人举报了。管事的部门派来两个人说，恢复原样，拆除所有违章搭盖。

就是说，我们院子里的防雨棚、菜地、丝瓜架、葡萄架……必须统统拆除，恢复原状、恢复绿地。

家里的那些人，气得要命，也很害怕。他们看到送来的整改通知书上，写有办事人员的名字和电话，就勇敢邀请那两个人吃了饭，还偷偷塞了两个千元红包。办事人员就理解了他们违章搭盖的确是迫不得已的，因为没有搭盖的话，别说大雨暴雨，风大一点的小雨天，客厅门口都是雨水，擦鞋垫都是湿的。办事人员还说，开发单位原设计也有问题。这样，院子又平静茂盛地安然过了三个多月后，忽然又来了两个新的办事人员发送整改单。他们很严肃，勒令马上拆除所有违章搭盖物。家里的人想不出其他好办法，又谋划老调重弹——塞红包。可是来人很客气，谢绝了请饭套近乎什么的。有个年轻人，看上去迷上了三得子，抽空就对吊在院子里的三得子"回回回"地吹口哨。三得子歪着脑袋一直琢磨他。后来，突然地，三得子像唱山歌一样，开口就是嘹亮清脆——我喔爱我哦的祖呜国——那年轻人被惊艳到了——嘿！嘿！这黑鸟会唱红歌！三得子接腔说，恭喜发财！红包拿来！恭喜发财！红包拿来！恭喜发财！红包拿来！

　　宾主一起尴尬地笑着。

所以，直到出门，来人都坚拒红包。

这样，家里的人就非常沮丧，觉得这次不如上次好处理。他们又猜是不是红包行情涨了，手感摸起来不对。所以，就开始四处打听红包行情。

这样又过了半个月不到吧，那天，姥爷在院子里给芥菜拔草时，被楼上十九层掉下来的螺丝刀插到了肩胛骨下面，姥爷很痛，去了医院疗伤。出警的派出所警察爱民如子，说人命关天，建议用钢板搭盖，防止再高楼坠物。"挪威森林"物业有点心虚，说，城管部门反对违章搭盖呢。警察阴险地留话：你们自己掂量。全家人领会了警察意思，借题大做，趁机加大投入，扩大防护区，并在原搭盖顶上大力扶植葡萄。他们觉得通过流血事件，违章搭盖从此应该合法了。

他们又脑力不济了。新的整改通知书十天后就到了。

要求马上拆除违建，恢复绿地，彻底恢复原状。

家里的人很害怕，但是也很坚强，他们假装不认字地拖延着。姥姥说，就不拆，他们敢抓我去杀头么？半年后，人家没有来杀姥姥的头，姥姥的头自己就不能用了。她脑干中风忽然就死了。再说，整改通知书。姥姥挑战人家不敢杀她头的三个月后，新的整改通知书又到了，上面说，再不马上整改，执法部门就要来罚款了！他们几个又担心得好几天睡不好觉了。物业的人也天天上门来做工作，证实罚款价在八万多。家里的人又紧张又气愤，说，全"挪威森林"几十户的住一楼人家都搭盖了，为什么只有我们和我们认识的几家要拆除？其他人为什么没有通知？要拆大家一起拆啊，他们不拆我们也不拆！

物业说，先后而已啦，最后统统都要拆，除非你院子的改造方案，事先通过了开发商的认可。

那我们现在去哪里找开发商？！

所以呀，你就是违章搭盖咯。物业说，赶紧拆了吧，不然罚款要加滞纳金的。

家里的人气得不得了，姥姥把海带剁得比骨头还响，姥爷摔掉一个茶壶，难道我们是软柿子？！他们就是只敢对物业凶，物业的人也觉得他们很凶，就走了。

很多不拆的人，就经常在一起交流，说谁谁谁家，没人敢碰，谁谁谁家，还在扩建，就是因为有关系罩着。三得子因为经常被挂在小区各种人多场合的树下，听到各种八卦。有一天，它说它看到两个男人在打哑语也像踢足球一样，互相往对方口袋里塞信封。一个是物业主任，一个是那个没人敢拆的违章搭盖主人。物业主任低声说，一点谢意啦。没有你我赚不来这一波。业主低声答，这是我的正常工作啦，股票是你自己的嘛。那个信封最后进了物业主任的口袋。两人推来搡去都很开心。你看，很显然，有能力照顾别人的人，就自然得到别人的实惠。我们家那几个货：一个和中学生食堂打交道，一个在春雨花行卖花，只有姥爷威猛一点，当过几天教育部门的什么科长，是个脾气比本事大的人，关键时候又很怂，而且主要是窝里横。在外面，他从来都不是姥姥的对手，姥姥比他周全，更会处理复杂事物。可惜，姥姥突然就死了。少了一个真正威猛的主心骨，除了姥爷表现出双份的威猛坏脾气，其实，大家心里都更加空虚了。

他们害怕胳膊拧不过大腿的后果，可是，每次一楼左邻右舍的同志们互相鼓舞之后，他们又觉得胳膊和大腿，不会真的发生战争。所以，就这么拖着。也许是有关部门，考虑到家里办丧事的心情。这样又过了两个月，更新的整改通知单又到了，里面的口气也更坏了，说，再不自行拆除、恢复原状并主动交纳罚款，将诉讼至法院，强制执行！

诉至法院？强制执行？

又升级了！这次可能真的顶不住了。可是，他们看看其他被通知的邻居，好像并没有一家害怕呀，大家该吃吃、该说说、该睡睡。所以，他们也只好假装一点也不害怕，还到处大大咧咧地跟其他一楼违章同好，一起散步健身扎堆，交流庭院开发心得，发表对管理机构的蔑视意见，并更深入地揭批盘点那些未接整改通知的其他违章搭盖人家的背景。大家一起交换反腐意见，交流斗争到底、必定胜利的决心。其实，我知道，看上去斗志昂扬的他们，心里真的害怕极了。关起门来，他们就像竖着大耳朵的兔子，一天到晚都在谛听收集拆迁音信。今年下半年以来，他们最紧张的就是听到"有人来了"的动静。有一天，大卫马嬷（妈妈）突然就哭了，嘤嘤嘤地说，老爸，要不我们拆了吧，不然夜里老做噩梦……

姥爷说，别人拆，我们就拆！

四哈说

这一段时间，我一直想去认识那只鸡。

姥爷带我们出去溜达的时候，一般是在早晨。姥爷从医院出来以后，进出院子变得很小心，老是要观察天象。其实天上没有那么多螺丝刀。现在，他不仅不愿在院子里打太极拳，而且慢慢地不太爱遛狗了。大家都说，姥姥走了以后，姥爷变得又懒又坏了。他总是凶我们、凶世界。

可是，出来走走多好啊，大卫也是这么说。

早晨都是银色的，以前姥爷总带我们去喷泉那边，指导别人练太极拳。刁咪和三得子有时也去。姥爷晨练或散步的时候，三得子的笼子直接被挂在榕树下的气根丛中。我和大卫在晨风里疯跑，或者接飞盘；靶拔（爸爸）、马嫲早上要上班，他们一般是下班之后，领着我们一起散散步。和早上的银色不一样，那个时候，大部分的天色，都是金色的，在里面飞跑起来感觉真是一寸光阴一寸金哪，跑着跑着，天就黑了。呵呵。中午嘛，除了我和大卫，大家都不太爱出门，嫌太阳刺眼。我和大卫不怕。大卫说中午的外面，其实是个水晶宫殿，很多东西都在偷偷地发亮，和太阳光悄悄地互发信号哦。这各种闪光，刁咪也看得见，虽然它中午的眼睛，只有金绿色的一条竖线。但是，它反对中午散步。它不愿出门的时候，就蹲在姥爷的老式衣柜顶上，对谁都不理不睬。这是一只很懒的猫。我和大卫不管再热的天，我们都不怕。它不去拉倒。反正，我和大卫什么时候出门，都是很开心的。所以，自从姥爷受伤出院后不爱和我们一起溜达以来，都是叫大卫领着我去。我自己也会走，我认得路。但大卫本来就是操心婆。它其实是一只土狗，书上的名字叫中华田园犬，就是土狗啦。不过，它有八分之一的边牧混血，所以，他一直相信自己是一只管理能力超群的牧羊犬。

大卫很忙，家里的蟑螂、蚊子，都是它负责扑杀。靶拔马嬷贪看电视，烧煳过一次锅，差点失火，那以后，厨房一旦煮汤炖菜，大卫就在那里转悠防守，一旦汤锅快要沸腾或溢出，大卫就立刻冲进客厅里大叫，拖出看电视的马嬷或靶拔。还有，一家人之间吵架的时候，大卫就会火急火燎地蹿上跳下，参与劝慰调解。那次，马嬷和姥爷争论声音太高，大卫急得站在他们中间大吼大叫，吵得隔壁邻居打110了。那时候，刁咪还在稳稳当当地喝水，它的小舌头，一次能伸缩两百多下，喝掉小半碗水。它总是嘲笑大卫的忧心忡忡：喂，是人都得吵架，人不吵架会死掉的，你知道吗。大卫不明白刁咪的意思。它还是好管闲事。如果它在家，任何一个来访者，进门都要讲规矩讲礼貌，不可以拍打我们家人的肩头脑袋，否则，它会跳起来警告，我也会发怒声援它。当然，如果陌生人自己拍来打去，大卫和我一律视而不见。交通安全它也操心。马嫲开车，如果突然急刹车，或者，开车的速度太快，只要大卫同车，它都会马上一爪按住马嫲的手臂，表示坚决制止和反对。还有，靶拔买了一架跑步机回来，大卫试一下，摔倒了，立刻判定此物危险，绝不许大家在上面玩耍，谁要想练两步，必须有人把大卫搞走。它甚至操心到邻居家油锅上。有一次，它觉得那家油锅烧得太噼啦噼啦的，扑过院子就乱吼，吓得人家赶紧关门，因为关门，说是油锅反而烧得更焦了。

我走到早晨里的时候，操心婆大卫用嘴巴把院门关好。

我说，我要去找那只鸡。

　　大卫往夹竹桃林那边走。我跟它走了一段，就过小拱桥到了"挪威森林"Ｂ区。我们在熊猫垃圾桶边站了不到一分钟，小树林就过来了。它身上越来越脏了，非常瘦。新来的几个保安看到它，每次都要把它撵出去，但小树林还是想办法混进"挪威森林"。它说它从游泳池那边过来。那边有两个老点的保安，都知道它是来找它主人的。小树林的主人是一个退休老人，它是老人的儿子捡来的小狗，送给老人做伴的。老人很疼爱小树林，脖子上老是系一条枣红色的小三角巾。本来是流浪狗的小树林非常亲人，被领养后，过上了和我们一样的生活。它很喜欢它爷爷。胖爷爷把它收拾得很干净漂亮，还给它买了一件唐装。以前的早上，胖爷爷遛它的时候，总会碰到姥爷和我们。大概不到半年吧，那个胖爷爷突然心脏病，好像是死掉了，还是没死？反正那个爷爷和保姆都不见了。这边的家就被出租了。不知为什么，小树林也没人要了，那个家它再也进不去了，但它想回来，它自己去外面找点吃的，就回来。它想胖爷爷，还是想回家。不认识的新保安，就不让它进小区大门，后来它就偷偷来，混进小区。它天天坐在他们家的楼道门口等胖爷爷。它说，这个位置好让爷爷一下就看见它，就会出来开门带它回家。但是，一直都没有。我们也不知道，他们家里的人，什么时候会来带小树林回家。小树林还是来等。保安打也打不走，下大雨也来等，天很冷的时候也来，在外面打架受伤了，也会回来，就一直坐在熊猫垃圾桶后面的榕树下。有几个好心邻居，会给小树林一点饭吃。但它还是饿得很难受。

　　大卫吐了一块衔在嘴里的地瓜在地上，小树林扑过来，吼哧一声就没有了，看起来根本就不是它吃掉的。它可能又是好几天没有吃东西了。我们以前给它带过面包，一口狗粮，一个豆子。大骨头我们没有带给它过，因为我们自己太爱吃了，每次想说带给小树林吃吃，但总是还没有想清楚的时候，我们就把肉骨头吞下去了。肉骨头太好吃了。小树林说它懂，要是换了它给我们带吃的，它说它也带不来肉骨头。这个东西没办法放在嘴里还能忍住不吃。

看着小树林吃了那一小块地瓜，我们就走了。小树林回到榕树下坐着等胖爷爷。我要去访问那只鸡。

那只公鸡来"挪威森林"有一周多了吧。

这几天，天没有亮，还很黑的时候，它就开始叫了。太厉害了，天都被它叫破了，晨光稀牛奶一样慢慢渗出来，流到满天。它的打鸣像打架一样用力，我能想到它的脖子因为太用力而变得弯了，大卫也说它的脖子会打成一把很厉害的镰刀。大卫说，小时候，它在乡下，看到很多狗真的打不过公鸡。自从那只鸡来了以后，"挪威森林"的天都是它叫亮的。之前，好像天亮以前，天都要混沌一阵子的，那把很厉害的镰刀，对着天空狠狠地砍，狠狠地叫，天就不得不动作利索一点了。而且，大卫也和我一样认为，因为有它打鸣，晨光就变得特别清亮，那种清澈的银光里，随便一点声响，都传得很远很远，我们能听到七市场那边炸海蛎煎锅，锅沿和漏瓢磕碰的声音，能听到两公里外榕树公园深处寂寞的小收音机声。

那只鸡到底在哪里呢？这两天，我一出门，就往西门那个方向飞跑。那个方位肯定是对的，大卫也这么判断。但是，每次我找到西门，都会被乱草没身的铁栅栏门挡住。去年大卫在那里，被铁栅栏卡住过脖子，进退不得，我在那里来回想办法，替它叫人，结果，保安把它救了出来之后，马嫲发现我们身上叮了几十个蜱虫。原来，那是个蜱虫区。蜱虫嘴上带着倒钩，整个头钻在肉里叮吸我们的血，甩不掉刮不掉，靶拔用镊子生拔硬拽时，连皮肉都带拔出来，很痛。所以，大卫再也不肯陪我去那里玩，即使后来，马嫲靶拔给我们滴了体外驱虫剂，它还是远远回避那地方。

我和大卫分开了一下。我往西门这边走。我想要找到那只鸡。现在这城市，大楼比森林还茂密，要找到一只小小的鸡，是有点麻烦。不过，这些难不住我啦。我打算去看一看。我要告诉它，因为它的打鸣，我们能听到很远很远的声音，而且，这里的早晨不那么臭了。我还想看一下，它是不是大卫小时候认识的那种公鸡。我还想亲耳听到它打鸣一声。

大卫在西门找到我的时候，话还没说，就对我梗着脖子咆哮。这只土狗，脾气很坏。我说，马上就要找到那只鸡了！我要穿过栅栏，它就在里面。大卫说，赶紧回家！姥爷那边有事情啦！

我对着栅栏里面连声吠，说不定那只鸡会出来回应我。我们已经很近了，如果我能找到宽一点的铁栅栏缝隙，我就能从那里挤过去，走进那栋靠大树的灰大楼，肯定就能找到那只鸡。

大卫一直吼我，下巴都快铲到地上了。看大卫怒气冲冲的，我还是明天再来吧。回去的路上，我们路过便利店。便利店的老板，每次看到大卫，都会把大卫拦下，考数学。他伸出两只巴掌，每只巴掌上都有不同的指头。他说，喂，大卫，四加二是几？大卫不想理他。老板娘也出来了，习惯性地又皱着眉头。她看到我们总是不高兴。有一次，我陪马嫲进去买洗衣粉，一看到我她就尖叫说，会不会有跳蚤啊！马嬷说，不会，都有驱虫过。

听说要不是她讨厌狗，他们家就也会养一只狗。

大卫不搭理老板，准备赶着我绕过便利店赶快回家。便利店老板不知从哪里摸出一段卤鸡翅尖，追着我们说，大卫，算一题！算对了，给你吃！

我马上站住。大卫也停下来。我们都急促翕动着鼻子。这是新卤的鸡肉！老板娘也有点参与的笑意。老板笑嘻嘻地把卤鸡翅尖咬住，比画着两只瘦小巴掌。一手比四、一手比二。大卫想都不想，汪汪汪汪叫了六声。它看着卤鸡翅尖，等他发奖。我也等着。便利店老板说，嗯，那四减二呢？

大卫又叫了两声。便利店老板拍着大卫的头，把鸡翅尖吐给大卫。我一下子没闭拢嘴巴，我的口水就连线掉了出来。老板说，四哈，你前天是不是又在你家客厅里乱拉小便啦？我急忙坐下跟他握手。在家里，只要我握手，马嬷靶拔一般都会给我点鸡脯干小饼干之类。那个卤鸡翅肯定很好吃。便利店老板不和我握手。他拿出手机给我看，看看，王老师把你罚站的照片，放在朋友圈啦！老板娘拿过手机看，一看就笑得不行，哇，站起来，简直像个人啊！她用一只手弯在胸前，模仿我的站姿，说：看那俩爪子，弯弯的像一对沙发扶手……

我很想吃那个卤鸡翅。便利店老板和老板娘看着手机，又看看我，笑个不停，就是不和我握手，我又对他们作揖，作揖的动作很猛烈，但他们光是笑。便利店老板说，我们也养一只吧，教它算术、教它握手拜拜，肯定招财……

一看没有吃的了，大卫已经跑远了。吃了好东西的大卫又急着往家赶，我只好飘挂着一脸口水跟它回家了。

大卫说

总觉得今天有点不对头，可是我不知道哪里会出问题。

　　四哈去西门找鸡的时候，我突然感到在家的姥爷好像会有什么事要发生。四哈一直想认识那只鸡，我也喜欢听它每天的打鸣。但是，我就是感觉今天要出事，出大事。所以，我不让四哈走远。结果真的，没有多久，我就在脑子里看到姥爷在摔一叠什么纸，不像书那么厚。我确定姥爷出事了。姥爷是个坏脾气的人，他的女儿、女婿，还有我们几个，除了刁咪，都比较怕他。姥姥不怎么怕他，但在家里总让着他。如果在外面，有什么事，每次都是姥姥奋勇接招，姥姥比姥爷厉害。姥爷是窝里横。自从姥爷被天上掉下的螺丝刀插到背之后，他的脾气就坏得外向了。不过，他的脾气真正变质，是三个月前，姥姥死了之后。现在，我感觉，如果家里真的有人来了，姥爷可能会和人家干架。所以，我们要赶紧回去看看。

　　吃了鸡翅尖，我看了四哈一眼就一路飞奔。四哈没有吃到鸡翅尖，虽然着急了一下，马上也就忘了。它跑得比我还快。果然，远远地就看到我们家院子里来了七八个陌生人，只有两个物业的人有点脸熟。

姥爷倒没有和他们大打出手，只是一脸僵硬发臭。一大堆人好像在站着开会，我跑近才看清，他们更像是围观三得子的旅游观光客。三得子可能已经表演了很多节目了，在那些围观傻乐的人中间，顾盼自得。一个居委会主任模样的、有张鞋拔子脸的妇女，靠近鸟笼仔细看三得子，说，它黑黑的，是丑了点，不过，比我同学家的那只鹦鹉会讲话多了。那只鸟只会说你好。

你好！三得子说，你真漂亮！

女人惊跳了一下，又补充跳了一跳，说，嘿！它说什么？！

三得子说，你真漂亮！

女人一下子满脸通红，回头喜看其他人，又像小偷一样不安地说，哇！这鸟！这鸟！

所有的人都笑了，胡乱指着身边左右，七嘴八舌地逗三得子：他帅不帅？……这个，他漂亮吗？……

三得子很淡定。它梳理了一下毛，说，坐

坐坐，都是好朋友嘛，坐。

大家笑得不行，姥爷脸上有光，但还是带着傲慢的僵硬。那个女的再次靠近鸟笼，三得子毫不迟疑地说，你真漂亮。重温到幸福的那个女人，几乎要哭出来了，我这辈子！她说，我这几十年来，从来没有一个人夸过我漂亮，没想到，只有你这么夸我啊。天啊，真是太感动了！小家伙啊，你太神奇了！它叫三什么来着？

姥爷说，三得子。

三得子说，哎——

这是模仿马嫲对靼拔撒娇的拖长腔，像一支羽毛在风里飞。

大家被这个软软尖尖的长音逗笑了，又有一个人叫：三得子！

三得子说，神经病啊！

大家又笑得快晕过去了。有人收住笑，很贱地又叫了一声：三得子！

大家喜悦地等待三得子再骂人，没想到三得子说：昂，不就是钱吗？！昂，不就是钱吗？！

大家一下子严肃下来，好像换了脸谱一样。只有那个被三得子赞美的鞋拔子女子，依然温煦。她对姥爷说，啊，言归正传，客观原因家家都有，我理解。只是创建全国文明卫生城市，是一票否决啊。天大的事啊！我们不能以一己之私害了整个社区对吧，阿呗（伯）？

姥爷说，人家拆，我马上拆。一碗水端平，我们没意见！

物业的人说，每家都说，人家拆我也拆，那怎么开展工作呢。

为什么有的人家，现在还没有收到一份整改通知书？！

没有人举报嘛。谁让你被人举报了呢。

你怎么知道没有人举报他们？

那……我一个破物业，管得了吗？

姥爷说，你让那些和你们勾勾搭搭、关系暧昧的一楼违章户的违章搭盖先拆了，再来跟我说话！

一个我没见过的人，有点凶，他说，我们

已经是三送整改通知书了。你别敬酒不吃吃罚
酒！

姥爷啐了一口茶，罚酒？！他反手敲着背
部说，我是被楼上扔下的螺丝刀差点扎死过的
人！如果你们一定要我先拆，行！我们写个字
据：如果我拆了这安全搭盖，上面再掉什么下
来，扎死我了，你们得负全责！！

我喔爱我哦滴祖呜呜国——三得子突然又
开口，声音像个没变声的少年，闪耀着嘹亮的
金属光芒，大家又转头看它。姥爷说，正好居
委会、城管、物业都在，我去找纸笔，我们一
式签四份，不，五份！给那个派出所警察送一
份！上回螺丝刀杀人，他还叫我们加固铁板搭
盖的。必须送他一份！

姥爷把一叠病历纸张，重重拍在院子里的
石桌上，怒气冲冲地扭身进屋。

六七个客人，互相看着，有个人耸起了肩
膀。

女人又走向鸟笼。你好，小黑鸟。你好？
一个男人无聊地踱过去说，人家是鹩哥。

喔，女人说，难怪你不理我。对不起，小
鹩哥。你好？

女人又说，你好？

三得子说，这过的什么日子啊！

三得子吐字发音太清晰了，完全是姥姥的
腔调。大家又重新围拢过来，但也有人频频看
屋子，等着姥爷出来。他们心里还是惦记着工
作吧。有人又逗三得子：你过的是神仙日子啊！

三得子不理睬。

女子又说，你好？再唱歌好不好？

有人说，你会唱几首红歌啊？

三得子不睬。

有人说，嘿，这小破鸟还摆谱了呢。

有人对它吹口哨，有人轻轻拍鸟笼。有人
说，要不我们先去十一号楼，那家上午也有人
在家的。没有人响应他的建议。有人又拍了一
下鸟笼，有点重，鸟笼摇晃得厉害起来。

三得子说，这过的什么日子啊！

一伙人又乐了，齐声应答：神仙日子啊。

三得子说，放屁！

　　大家忍不住哈哈大笑。有人拿指头作势要戳三得子，三得子跳上更高横档，干脆闭上眼睛。三得子一不说话，他们又很着急。女人说，我觉得它不是鹦鹉学舌啊，它是真的懂人话呢！

　　我也觉得它不是鹦鹉学舌。有个人附和评价。那个作势要捅三得子的人说，肯定是鹦鹉学舌！它懂屁。要不然怎么有这个成语？它就是把记得住的别人的话，胡乱说出来就是了。

　　物业的人说，哎，他们家的狗也很好玩，这只，还是这只——我记不得了，叫小丁来——有一只会做加减算术题呢！另外一个物业补充说，是那只土狗。他们家还有猫，经常和他们一家出来散步，发绿色金光的眼睛，谁都不理，也不能摸，非常漂亮……

　　女子对屋子里大声说，阿呗——别找啦——阿呗？

　　我一直在房间和院子之间来回走，四哈在门口啃咬它的爪子。姥爷在愤愤地打电话，下巴上都是愤怒的口水。我到他脚边，刚刚趴下，他就挂上电话走出去了。四哈连忙跟他出去。我懒得动了。只要他们不吵架，我就放心了。反正他们被三得子迷住了，这总归是和平景观。

我们家，说起来，只有三得子懂外语。我和四哈不行。我们都听得懂，可是都没法用他们懂的话说出来。刁咪懂的东西更多，但它只能和我们几个嘀嘀咕咕。它最喜欢亲近的靶拔，也听不懂它的话。它告过我和四哈很多状，但是靶拔马嫲听不懂。这也是它一直嫌弃他们智商低的原因之一。

我和四哈与马嫲一向比较默契，她基本懂我们的心意。姥姥也和我们更亲。刁咪是一直喜欢亲近靶拔的，虽然它从不表现得那么明显，唯一情感外泄的就是：靶拔下班进门，它会喵呜一声跑过去，用身子、尾巴蹭他，在他裤脚边蹭不停。其他人它都不蹭。三得子呢，从来就是姥爷的心肝宝贝。它是第三个加入我们家的，比四哈早一步。它来了以后，好久都不会说话，姥爷差点去退货。姥爷天天教它恭喜发财，红包拿来，它就是不开窍。它经常陪姥爷看体操比赛，姥爷喜欢体操运动，年轻时候，说是什么项目在省里拿过小奖。

三得子突然开口讲外语的那天，也是陪姥爷正一起看体操赛事。三得子是突然在笼子里后空翻的，嘴里发出和电视里一样的声音：三百六十度——！姥爷惊喜得以为听错了，连忙转身看三得子。三得子又开始后空翻，嘴里喊着：三百六十度——！开始，它翻得不是太标准，有时还在杆子上踩空掉下来，但是，它的发音，和人已经一模一样。

姥爷不看电视比赛了，跑到笼子跟前，为三得子加油。三得子一个接一个地翻，只要翻后站稳杆子，姥爷就大喊：成——功！

就那次之后，三得子忽然就开始熟练使用外语，冷不丁就冒出以前怎么也学不会的话，还有各种你也不知道它哪里学来的句子，还有歌声。不过，很多歌，它只会唱一半：妹妹你坐船头欧欧，哥哥你岸上走——马嫩靼拔再怎么逗，它都不往下唱了。有一天，从外面遛了回来，它突然大唱《小苹果》，还自带乐队打伴奏。有一天清早，姥爷居然发现它在吹口哨，这是过去姥爷常吹的《桂河大桥》，连错误的变音都一样。

没过多久，它的后空翻已经相当漂亮了，而且，翻完还自己表彰——成功！每次空翻，它基本同步大喊，三百六十度——成、功！度，这个音，要拖得很长，最后是有力的成、功！最多的那一次，翻了两百多个。那时候姥姥还在，因为每天晚上，她要拿旧裙子把鸟笼子罩住后，把三得子提到厨房让它睡觉。三得子还想玩，一看到姥姥拿那条旧裙子，就一个劲地在笼子里空翻献艺。

开始讲话后的三得子，在家里很吵人。它早上醒得比我们早。一醒来，就在厨房的裙子里喊：麻——！一声连一声，有点骄横，这是模仿马嫲用方言叫姥姥的腔调，语气里的不耐烦非常传神。它要姥姥快点把它提到客厅，褪掉裙子。一到客厅，它又喊，妞妞！妞妞！这是学姥爷叫马嫲起床，口气跟姥爷一模一样，急促又威严。有几次把它自己都呛到了。姥爷每次听得笑死掉。刁咪说，三得子这样的叫法，就是让自己高了我们三个一个辈分。

有一次，靶拔回家太晚，电话又不通。马嫲坚持要等靶拔回来一起吃饭。姥爷对迟回的女婿好像生气了，看他一进门就说——怎么回事？！三得子很喜欢这个语气，马上学会了。之后很长一段时间里，不管谁下班进门，它都杀气腾腾地说：——怎么回事？！

姥姥本来不喜欢三得子，觉得它黑黑的、丑丑的，光会吃和拉屎，肯定会传染肺病。后来三得子会说话，还经常拍她马屁，姥姥就再也不提放生的事了。三得子和姥姥每天的对话，经常是这样开始的：麻——要不要洗个澡？麻——洗个澡咯——

姥姥说，洗菜呢，没看我在忙吗？！

三得子说：累了累了，老骨头酸了——

姥姥不理它。三得子等了一会儿，又说，老骨头酸了——

姥姥没好气地骂了一句：你倒沉痛得很呢——我还没死！

没一会，三得子又说，麻——我爱你。姥姥不理它，三得子替她说，我也爱你——姥姥只好停下来，把它提到水池上，帮它冲淋洗澡。三得子在笼子上扑腾很开心：麻——我爱你。我也爱你。姥姥说，快点快点，不要把水甩得到处都是！三得子以后就会说，麻，我爱你，我也爱你。快点快点，不要把水甩得到处都是！三得子每天必须洗澡。有时，没人帮它洗，它就在放风的时候，直接跑到我和四哈的喝水碗里扑腾，翅膀把水拍打得整个阳台都是。这样之后，刁咪宁愿喝院子里的自来水，再也不愿意喝我们大水碗里的凉白开了。

那天上门的好多人，最后很多人起哄，要看狗狗做数学加减题。姥爷好像不是那么乐意，但脸上有"傲慢的笑意"（刁咪评论）。他淡淡地说，大卫，过来。

我就过去。大家围着我。姥爷拍拍我的头说，来，表演一下做算术吧。我坐下来摇尾巴，看着姥爷的手。姥爷说，你们随便比画，十以内加法、减法随意。物业主任对我拍了巴掌，一手伸出两指头，一手一根指头。我叫了三声。姥爷给了我一小块鸡脯干。我嚼着，也听到围着的那些人，轻声哇了几下。看我吃完，有两个客人同时亮出巴掌，我不知道先数谁的。姥爷说，一题一题来。我对剩下的要求减法的，叫了两声。然后，我又凭那个收起来的巴掌的记忆，叫了五声。我这么叫，姥爷也有点发愣，说怎么回事？我用鼻子拱了巴掌收起来的客人。他们比姥爷还更快地明白了：天啊，狗狗同时做了两题！

　　结果，又试，又试，加法、减法、两个人同时亮巴掌。我都叫对了。我得到七次鸡脯干奖励，四哈急得团团转，不断跟姥爷握手，最后，站起来作揖乱拜。四哈站起来比我高，它拼命作揖乱拜，把围观的人逗乐了。

　　那天执法总的情况还是祥和的。刁咪说，主要是人与动物和谐造成的表面祥和。执法客人们走的时候，都笑呵呵地跟我们大家道别。整改通知书是留下了一张，限两周自主整改。还有创卫宣传资料几张，回形针夹在一起。

那天晚饭的时候，姥爷和靶拔马嬷讨论了很久，他们专题表扬了三得子。马嬷说，三得子这么讨喜，不如把它当红包送了吧，说不定我们就不要被强拆了。我们家无权无势，又没有股票期货赚钱信息，只好送鸟咯。

要送送狗！姥爷说，他们走的时候，四哈一直送到门口，给他们作揖道别。那个城管的什么长，还要叫大卫参加他们的联谊会，去表演算术！

爸，靶拔说，妞妞逗你呢。

谁逗谁？姥爷说，我是认真的。让大卫四哈去和亲吧。

三得子说

"挪威森林"是一个假森林。而且，我们家还住在那么矮的地方。你见过哪一只鸟，是住在树根上的？就是树根上，你还住不安生！我们原来住的地方，叫"知足里"。听上去没有什么树木，其实房子是在绿树浓荫的小山坡上，出不出屋子，空气里都有树汁的清味。他们说新家在"挪威森林"，我一听以为是搬到树汁更清香的地方，没想到不是。这只是几十栋高楼的水泥钢筋的森林，之间有一些真的树木，大部分是移种来的，根须很短，多站几只鸟，树都可能倒掉，所以，那些树木忙着长根、扎根，多高的树干配多深的根嘛，它们要赶在台风之前站稳脚跟，不然就会被台风推倒。所以，忙着扎根的树木，哪里能从容散发出树汁的清味呢？谁也顾不了这些了。所以，这是一个很不好闻的森林。

我对"挪威森林"的欺骗性不满。刁咪说，人都有名不副实的毛病。他们起的楼房名，你要当真，那是你像人了，你活该。维多利亚和欧洲无关，圣地亚哥也不在美洲，奥斯卡不是电影节，香榭丽舍也不是法国，威尼斯也不是住在意大利。刁咪说，想通了，你就不会期待"挪威森林"有奇迹了知道吗？

我可以不认为这里是森林，但我不理解为什么要住在一楼呢？人登高远望，和翅膀的追

求是一样的，要克服一座森林的虚假，登高远
望也是唯一的出路啊。住一楼本身就是一个错
误计划。我认为是大卫、四哈怂恿的恶果，它
们好方便户外奔跑胡混。它们不懂坐电梯。刁
咪说，大卫、四哈根本没有长脑子，拢共一点
点脑细胞还长在尾巴上，它们能怂恿得了谁？
当然是这几个脑子不好使的人自作主张的恶
果。他们假想森林与田园风光的好日子，假想
自己的人生多么美好。刁咪说，住高一点，离
天近一点，各种生殖器的臭味肯定要淡一点，
而且，有个简单的道理，不长毛的脑子永远想
不到：公共地带和私人范围，只要界限模糊，
都是凶多吉少的。你不要占那个便宜。

　　我和刁咪在院子里聊天的时候，大卫在院
子里追逐扑打一只苍蝇，四哈在大门口咬一颗
核桃。门口的擦脚垫上，留下乱七八糟的核桃
空壳。大卫已经吃掉它的份额。马嫲总给它们
俩吃核桃，因为它们俩嗜毒一样，爱吃核桃。
平均一周，能吃到一两颗。

　　我在笼子里，刁咪在椅子上。不管是晒太阳，还是赏月色，刁咪特别喜欢这张旧的藤椅。除非家里来了外人，只要一来外人，刁咪就回屋子里去，它从不参加接待活动。

　　只要有人在家，大卫和四哈都跟前赶后，尤其是靶拔马嫲在家，它们就像口香糖一样，死黏。刁咪瞧不起它俩的贱气，最看不惯它们连靶拔、马嫲上厕所，都要一起挤进去等着。有一次刁咪好奇也拍门进去看，那劈面的臭气熏得它直打喷嚏。而那俩货，居然一个坐在马桶边，一个趴在洗手池边，还得意得很。早上靶拔刷牙的时候，四哈还经常去推他的腿肢窝，靶拔就像螃蟹一样吐着白泡沫笑。四哈又爱吵架，和姥姥、姥爷吵，和大卫吵，和我吵。马嫲骂一句，它会回一句，嗷呜，嗷嗷呜，嗷呜呜呜，再黏糊，也挺不得人心的。

　　刁咪心里很烦，我也是。自从那天家里来了一组创建文明城市的检查人员后，家里的人，又进一步打听到，市里分管领导，就是那个鞋拔子脸的亲哥哥，喜欢小动物。他也长了一副很好辨认的鞋拔子脸，本地电视新闻里一过脸，看新闻的人都很容易记住他。所以，家里的人就越来越认真地讨论起送礼问题。

靶拔、马嬷想把我当礼物送出去，姥爷坚决反对，姥爷觉得送大卫、四哈更合适，都说鞋拔子哥哥更喜欢狗。但马嬷说，狗不嫌家穷啊，再难再苦，狗都不可能离开主人。硬送也送不走它的心，搞不好马上逃回家来，礼物不就白送了？所以，没法送。作为一只宠鸟，到哪里基本都在笼子里，所以，三得子到哪里都是无所谓的，只要能保证蚂蚱、小米供养就好。但我还是觉得送狗比较好，四哈那么憨，送出去家里也不重样了。问题在于，靶拔、马嬷就是不同意，坚持要送礼就送我，说送鸟才是风雅，是文化，人家收礼物也收得有气质，心安理得。姥爷气得大骂，说，要送，你们自己去买一只鸟去，三得子是我的养老品！

两周的最后整改期限马上就要到了。是接受整改，还是送礼抵抗？这是一个很伤脑筋的问题。他们几个人，争吵得很厉害。如果抵抗整改，就必须送点意思出去。那么送会做算术的狗，还是送会讲话唱歌的鸟？这是一个伤脑筋的大问题。对此，喜欢说三道四的刁咪一直没有发表具体意见，只说，人家肯要你什么，倒是简单了，就怕事情没这么简单。这事，总归凶多吉少。

我和刁咪一致的看法是，靶拔、马嫲肯定舍不得送大卫，哪怕大卫送出去，就能换回来违章搭盖永不拆除。反过来，我认为，如果把我当礼物送掉，即使能换来取消整改的平安，姥爷同样也一定不干。我当然无所谓了，有小米、蚂蚱、面包虫什么的，到哪里都是生活，大卫、四哈，就未必有我四海皆兄弟的眼界与胸怀了。

而且，谁也不能否认，大卫是马嫲的救命恩人。

我们家隔壁，是一户开蔬菜店发家的农民。现在，他们在"挪威森林"又开了一个分店，每天的蔬菜都比别的店新鲜、便宜。所以，店里从清晨到晚上，都很红火（所以，他家就没空违章搭盖咯，他们表示，闲下来，也要搭盖的）。他们家总是人手不够，最后就把乡下老家的老岳父也请来了，主要是负责整理青菜。没想到，老头子看了几天的店，就生病了。他的病很奇怪，就是满世界找牛。逢人就问：有没有看到我家的牛？我家的牛不见了。他们家里的人说，来的前一年，乡下家里是丢了一头牛。但是，早都过去了。没想到，老人一发病，就想起这事了。家里人怎么劝都没有用。老板娘骂他：神经病啊！我可以再买十头牛给你！但有地方放吗？她父亲说，不管，我要找到丢的那头牛。

老头子每天都要上街找一次牛，直到家里人打来电话说，啊，牛已经找到啦，在某某某某家。老头子才能安心地回家洗洗睡下。可是，第二天天一亮，老头又想起自己的牛丢了，又上街找牛去。蔬菜店的女儿女婿及其伙计们，忙得屁滚尿流，再也不愿意配合满大街瞎找牛，更懒得虚构牛回来的鸡汤故事。大家又累又烦，老头子就自己出去找牛，被警察送回来两次后，菜店邻居就不让老人出去，老头子在院子里，用棍子画一头牛，天天站在牛身边，捂住脸哭。

他想他的牛。

在这样的情况下，靶拔决定每天傍晚，在带大卫、四哈遛弯的时候，顺便带上隔壁老头子去"找牛"，遛到时间差不多了，马嫲就会打过去一个电话，很惊喜地说，哎呀，牛找到啦！他们一伙就会高高兴兴地回家。有一天，靶拔胃痛，下班回来就窝在沙发上蜷着。邻居老人走进来说，我们家的牛丢了！

靶拔说，噢，噢。

他真的不想去。很烦。姥爷白了女婿一眼：活该！你们是自找的！姥爷当然不会去找牛。平时也是早上遛鸟的时候，顺便带大卫、四哈去外面走走，放掉大小便。那时候，姥爷还没有被螺丝刀扎伤，扎伤出院后，他就不怎么去遛鸟了，姥姥死了之后，他连门都不爱出了。那之后，大卫和四哈，经常是自己遛自己。所以，姥爷当然不可能陪隔壁老头子玩找牛的游戏。这样，马嫲就解下围裙说，干脆我走动一下吧。

据说，那天出事主要是 B 区那边那户人家的黑背发情了。找牛的队伍走过小石桥，黑背是斜刺里突然冲过来，它不知为什么，直接冲着马嫲而去。马嫲说，她当时吓蒙了，呆立着，不知道躲。大卫和四哈，都在离她五六米远的地方。四哈在撒尿。说时迟那时快，马嫲说，她也不知道大卫是怎么冲过来的，就像一道黄色的闪电，大卫把自己挡在黑背和马嫲之间。高大威猛的黑背，在大卫的脖子上咬了好几个洞，大卫血流满身，皮下组织全部撕裂，送到医院缝了三十多针。有惊无险的马嫲，哭晕过去了。她从"挪威森林"哭到宠物医院，又从宠物医院哭回家。抢救医生说大卫差点就完蛋了。四哈没起什么作用，光是立场不明地怒吼了几声，还且战且退来着。

四哈这狗东西，我不知道说它什么好。平

时吧，你看它瞪着四白眼，竖着蚕豆眉，雄赳赳地很唬人，关键时候，却总是敌友不分。它一岁多的时候，因为免疫针没有打完，那几个人赶回老家参加一个喜宴什么的，就只带了大卫。隔天就回。那天晚上，家里进了两个贼，我和刁咪都屏住呼吸，以为四哈肯定要发动攻击。万万没想到，四哈看到来人，欢腾得直摇尾巴。人家偷到哪个屋子，它就跟到哪个屋子乐。最后小偷走的时候，四哈还在门口和小偷握手送别。一个小偷握着四哈不断交换的手，悄声问同伴，反正没搞到什么值钱的，要不把这货一起弄走吧。同伴低声说，不好带！万一大叫起来，我们死定了。

就这样，四哈才没有被顺走。家里那些人回来后，发现屋里进了小偷，哇啦哇啦又惊又气地报了警。警察来了，第一句话就是，家里不是有狗？第二句话是，一个玉镯加一千多现金是吗？第三句话是，换一只管用的狗吧。

就像刁咪评价：这样一只狗做礼物，也真的拿不出手。

刁咪说

我原来以为，凡是不披毛的东西，大都脑子不好使，一起住以后你就会发现，他们不只是脑子，而是样样都很糟糕，真是综合性的弱势群体。脑力之外，他们的视力、嗅觉、听力、体力、耐力，统统乏善可陈。所以，我们几个，对他们经常性的惶恐、犹疑，莫名其妙又爱莫能助。这是他们的世界。我们改变不了他们的焦虑紧张，也制止不住他们成天疑神疑鬼，还有，动不动就发生的互相惊吓：

有人来了!

有人来了!

喂，是不是真要来了?

其实都没有。大卫和四哈对他们的紧张反应，一个淡漠，一个表示困惑。四哈的脑袋都像钟摆一样，歪到左右肩膀上了。有人确实要来。他们肯定最终要带着手段来的。这我知道，早晚的事。但在没有闻到、听到、感到危险逼

近之前，你必须未雨绸缪，然后你真的没有
必要恓恓惶惶的，整天如惊弓之鸟（三得子原
话）。

昨天，三得子告诉我一个不好的消息，比
较确切，来自于一张纸上。消息的标题是：百
日会战，朝阳街道旧貌换新颜。说的是：

……乘全市开展创文明城市市容大整治
之东风，朝阳房管所、区行政执法局、朝阳派
出所、朝阳街道诸社区等部门，出动六十多人、
铲车两辆、大小货车六辆，在和平一路的东西
小区，打了一场小区环境综合整治的攻坚之
战……

和平东、西两小区，是我市建设较早的
保障性住房小区，居住着七百多户家庭。由于
各种原因，小区长期以来存在违章搭盖、放养
犬只、占用公共用地或消防通道堆放杂物、擅
自将绿化用地改变为圈养家禽或种植蔬菜的园
地等现象，历次市容市貌整治活动均不能根除
这一顽症。此次行动共清除垃圾杂物六十余卡

车，捕捉无主犬、流浪犬二十多条，拆除十七处违章搭盖，还原七处绿化带。清理面积达一千九百多平方米……

我和三得子在交流形势问题的时候，大卫和四哈在客厅中间，争夺一只黄色的绒毛玩具。那玩具已经被它们的唾沫沾得灰蒙蒙脏兮兮的，看着恶心。大卫好几次，把玩具衔到马嫲膝边，示意她像以前扔飞盘一样扔出去，它好去疯捡。但是，马嫲没有理它，一直在和姥爷说话。大卫还不知趣地把绒毛娃娃塞给姥爷，邀姥爷玩。姥爷狠狠地瞪了大卫一眼。姥爷最讨厌大卫、四哈玩绒毛玩具，因为玩着玩着，它们就会把玩具咬开，把里面的白色芯子，一点一点地掏出来。掏得多的时候，满屋子地面都是白色的，一团团、一丛丛，它俩能把我们家布置成过圣诞节的情景。姥爷气坏了。他最生靶拔的气，因为他只要去超市，必定参加射击游戏。他必定一枪一只小玩具，准得往往令老板哀求离场。这样我们家的绒毛玩具数不胜数。大卫和四哈怎么掏也掏不完。而且，马嫄特喜欢这些玩具，每次出门，都怂恿靶拔横扫射击游乐店，然后兴高采烈地抱满怀地回来。

　　我在柜子顶上，看着大卫、四哈并肩仰躺在地上，前肢抱踢着绒毛玩具，非常开心。看上去像两段粗壮的毛毛虫。它们能快乐多久呢？这俩脑子简单的货，知不知道倾巢之下没有完卵吗？

　　"挪威森林"不吉祥的气息，确实越来越重了。

　　不管来不来人，总的形势是越来越严峻了。三得子说，如果真的有人来了，院子里的葡萄架肯定要拆除；院子里的玫瑰花和芫荽、芥菜、丝瓜那三块小菜地，肯定要被扒光。我说，不止这些，大卫和四哈估计也得除掉一个，至少是抓走一个。也许俩货都得被铁叉子叉走。按规定一家只能养一只犬，大卫和四哈，那么就只能留一条。会留谁呢？这俩货，靶拔、马嫄都很爱，无论交出哪一只，他们都会很难过。三得子同意我的分析，说，它们都属于禁养通告上的烈性犬。三得子嘲笑地说，那个通告很蠢，中华田园犬，都赶尽杀绝，不就没有本国犬了吗！我也不由嘲笑，四哈烈个屁呀，一点血性也没有。日日天下无贼，天天和平盛世。烈性犬怎么是按体型大小来分辨呢？唉，那些不长毛的低智脑子们。

傍晚，我到院子走了一下，咬了一点青草吃。头上三尺的人心果比枣子大了。搬家时，姥姥的朋友送了两棵过来，虽然只有茶几高，当年就挂果了。那时候起，姥姥、姥爷和那伙戴胜鸟结仇了。没想到戴胜鸟这么喜欢吃人心果，第一批果子只有四个，都被戴胜鸟们吃掉了，它们站在那排高高的小叶桉树上。这样，姥姥姥爷就和戴胜鸟开仗。人心果的第二批、第三批，都是在人鸟战争中长成，最后是鸟也吃到了，人也吃到了。第四批起，姥姥死了之后，姥爷不知为什么与戴胜鸟和解了。也就是说，陌生的敌人，渐渐转为亲切的家宠了。我觉得有些人就是容易对有翅膀的东西有好感，比如姥爷。

　　三得子说，戴胜鸟是著名的食虫鸟。但是造访我们家院子的，却是一伙痴迷人心果的素食派。这七八只戴胜鸟，第一次出现在院子的秋千架上时，姥爷姥姥还惊艳、赞叹着它们的美丽，不知侵略者已入境。这些头顶像插着一把打开的扇子的美丽鸟儿，上上下下地在架子上和人心果树之间飞行。姥姥感觉不太对劲，才发现它们觊觎的是渐熟的人心果。

　　三得子说，人心果能发出戴胜鸟非常喜欢的气息。战争就这样开始了。这伙戴胜鸟天天来。姥姥姥爷开始不知道戴胜鸟们的厉害，几个回合下来才知道，凡是甜透的人心果，一定属于鸟，而不是人的。有的果实，明明隔日可取了，但转眼只剩下空果蒂。姥爷有时身手敏捷，那也只抢到半个果子。为了坐实胜利感，他把戴胜鸟吃过的一面削掉，接着吃。一尝，大叫！比所有他们吃到的都甜。为了抢护果实，姥爷大力加强巡逻和检测工作，但是他凭手感摸到的、又软又有弹性的成熟果实，吃起来就是不如戴胜鸟吃剩的。也就是说，戴胜鸟对熟果的鉴定能力比姥爷高强。有一次，发现一个被它们啄过一口就放弃的大果子，姥爷以为自己眼尖捞了个现成，抢回家一吃，舌头又麻又涩。后来，有了吃亏经验的姥爷，再也不抢被啄一小洞的果，死等隔日火候，准备一举获得熟果。但是，姥爷姥姥从来没有成功过。戴胜鸟总是捷足先登。

这伙戴胜鸟太狡猾了。它们分工默契、密切配合，总是三两只飞进果树丛里猛吃，另有四五只站在摇椅铁架上瞭望放哨。在下面吃的很快会飞上来，换站岗的下去吃。双方互相体贴，而姥姥屋子里一有危险动静，整伙戴胜鸟便一起飞离，暂栖于院子外高高的树上。

姥姥的人心果，第二批结了十来个果子，但他们吃到了两个，这包括几个戴胜鸟吃剩下的半个半个加起来的数目。第三批人心果成熟得早，挂果也多，沉甸甸地压弯了树枝。姥爷用塑料膜果套新技术，全面迎战，可是戴胜鸟三下五除二，把果套给拆丢了一地。照样地，它们还是选食了最甜蜜的果子，扬长而去。果子天天在成熟，戴胜鸟天天来开宴，和姥姥姥爷玩着敌进我退、敌疲我食的战术。果套失利的姥爷，又投入了光盘反射战、扫把战、刺耳口哨战、水龙头喷洒战。这个时候，三得子总在吹奏《桂河大桥》，断断续续的，也是为战争伴奏。姥姥姥爷终于腰酸膝软，自我休战。第三批挂果有四十多个，戴胜鸟吃掉了三分之二，人抢吃到了十来个。两年来的人鸟持久战，也战出了亲情。姥姥感叹，说：嗳，这帮小混蛋的叫声还真是好听啊，平平和和的，尾音又长又软的，一点都不刺耳啊。马嫲假装愤愤地说，每次戴胜鸟来，我看大卫、四哈都欢天喜地的，这俩狗子和戴胜鸟，早就勾搭认亲啦。姥爷也凑了趣，说，奸贼内应就是三得子！每次它们来偷吃的时候，它还总吹《桂河大桥》，幸灾乐祸啊！这叛徒……

那些人快乐地抱怨着，就这样达成了共识：让戴胜鸟吃吧、吃吧。

姥姥走了，第四批的人心果一开花，戴胜鸟就派探子来访了。姥爷看着它发呆很久，后来把三得子的面包虫摊了一些在花钵边，算是见面问候。

日子也是一天比一天和谐了。我有两次看到，人心果还没有开花的季节，那伙戴胜鸟就到我们家院子的秋千上停留过。三得子看到它们，默默地瞅着，没有心情打招呼。它也知道，好时光怕是要结束了。这些傻鸟，应该是等不到第五批的人心果了。前天，法院的裁定书到了。三得子说，裁定书裁定：五日之内，如果依然拒不自行拆除一切违章搭盖，将依法强制执行，并处以九万罚款。

裁定书是快递送达的。姥爷看了不知找谁发火，就把裁定书撕了，但也就是撕了一把，心里到底还是怕。靶拔看出来了，气馁地说，胳膊拧不过大腿啊。马嬷也丢盔弃甲的样子，说，产权冻结了，我们卖房也卖不了了呀。姥爷拧着脖子说：我就守在院子里！看他们能当我的面强制执行！

傍晚物业有个人来我们家说，还是拆了吧，这次肯定是过不了关的了。姥爷说，一视同仁！看谁家开始拆了，我马上就跟着拆！

哎呀，物业的人说，法院裁决不是有先后吗。反正都得拆。

物业的人又说，我要是你们，就配合拆了，这次真的形势不同了。再说一句不该说的体己话吧，执法人员那天还议论你们家的狗，都不符合养犬办法呢。你们肯定没有狗证吧，中华田园犬、哈士奇……

姥爷大怒：牵去牵去！

大卫说

人老了脾气怎么会那么差呢？姥爷脾气太糟糕了。狗老了，脾气一般会变得更温和、更安静，因为害怕的东西越来越多了。人为什么就不一样呢？昨天晚上，靶拔马嫲和姥爷在讨论拆除完遮挡棚架子，葡萄树要不要保留的问题，姥爷又发脾气了。姥爷说，三得子喜欢在葡萄架下唱歌。他已经算好尺寸，可以把它扭转到楼的侧面长，不是正面，肯定不算违建。

靶拔说，既然都要拆，不如拆个彻底。没听说正面违建，转移到侧面就不算了。马嫲也说，拆光拉倒。姥爷已经沉下脸了：长得这么好的葡萄，说砍光就砍光啊！我就是要把它扭到楼侧面去，看谁能把我怎么样。靶拔说，那你还要构思多久啊，昨天期限就到了。他们随时就来了。

姥爷怒吼，你看看谁家开始拆了？别老把自己当软柿子！

四哈说，以后靶拔马嫲像姥爷那么老的时候，脾气可能也会变成这样了。

我也这么认为。可是，我们都没想到，并没有那么多老的时光在等我们。今天，我和四哈，差点就没命了。天天说的有人来了，今天真的来了，场面非常吓人。很多穿迷彩服的人从卡车上跳下来的时候，姥爷马上给靶拔马嫲打电话。而且是来了两辆汽车的人，刁咪转身就闪进了靶拔马嫲房间。它肯定是觉得臭。整个大卡车里跳下来的都是穿迷彩服的工人，那二十来个迷彩服，一下子就把我们家的院子站满了，满院子像忽然种满了玉米。四哈吓得尾巴都拖到了地面，它本来还想去找那只鸡，那只鸡已经有很多天没有叫了。

今天，真的有人来了！

有两个人手持长柄铁叉子，我见过，那是专门叉狗上车的。我还来不及跟四哈说，小心那个家伙。一下子我就被人掐住了脖子，有一根很粗的麻绳，马上套在我的脖子上，我差点喘不上气来，就听到四哈发出像被开水烫到似的连续的尖叫，它也被掐住了，有人在捆它。我也挣扎出声吠叫。

姥爷在哪里？

靶拔、马嬷什么时候能回来？！

姥爷咬着腮帮子，站在门口。有人对他读了什么纸片上的字。我感到寒气袭人，因为姥爷的腮帮子一直在微微颤抖，嘴唇很白。姥爷走到我身边，我身边的迷彩服直接把他推开。姥爷差点摔倒，他抓住秋千的绳子，叫道：你敢对老人动粗？！

闪开！迷彩服瞪起牛眼，别妨害公务！

有人拉开那个迷彩服，说：阿呗，别激动，我们是奉命行事。

姥爷声音低了下来，说，不就是拆搭盖吗，为什么套我女儿的狗？！

来人说，接群众举报，说你们家养的是烈犬。这种狗，城区里不能养，何况我们正在创建全国文明城市。所以呢，今天主要是依法强拆违建，二是把违规饲养的烈性犬带走，集中处置。

我女儿马上到。这是她的狗。要抓走，你们至少要跟她说。姥爷说，这个葡萄架子，其实是我们家的保命保安全的棚子，上次掉下螺丝刀，插到我背上，派出所都有记录。我只问一句，如果拆了，我们家人，被上面掉下来的东西打死打伤，谁负责？

迷彩服太多了，姥爷明显气虚，声音发颤。

我不明白这是怎么一回事，但看姥爷这样害怕，我觉得他们肯定会杀了我和四哈。我看到四哈在发抖，我也控制不住地战栗。我不明白，昨晚姥爷他们不是已经想好自己拆了吗？

为什么不告诉迷彩服们，我们要拆转到侧面去？如果迷彩服们听懂了，他们就会回去，也许就可以把我和四哈放掉了。不能让他们把我们带走啊！

这个过程中，四哈一直在扯着喉咙鬼叫，有个迷彩服狠狠地踢了它几脚。四哈害怕了，停了一下，又开始吼叫，结果又被踢了很多次，身上都是肮脏的泥脚印，它痛得后半身子都矮下来了。姥爷一直在发抖，我看出来，他不敢再过去保护四哈，因为那个推他的迷彩服，每一次踢四哈的时候，下脚都非常凶狠，好像力气多得没有地方用。

在七八个迷彩服砍葡萄、扯葡萄藤的时候，靶拔马嫲都赶回来了。

看到我和四哈被绳子套着，马嫲厉声尖叫地扑过来就抱住我，但马上就被人推开了。我和四哈都在发疯地狂吠，有个迷彩服抡起手里的镐子，就要劈四哈，马嫲拼死抱住了他的胳膊。靶拔又抱住了马嫲。他们想把我和四哈拖吊上卡车，马嫲发疯地扑在我身上，不让我走，一个迷彩服想拽开马嬷，好像又不知怎么下手，突然，他就踹了靶拔一脚，因为靶拔想去保护四哈。我对四哈喊，安静！不要再喊了。我判断我们安静，他们就不会马上拖我们上车。

葡萄架那边，葡萄藤顶已经全部掀扯掉了，很多人就开始拆木架子了，我看到姥爷过去把架子边的鸟笼提了下来，三得子一个上午在里面，没有吭一声。砍断砍碎了的葡萄枝条、没有长大的小葡萄串，哩哩啦啦一直敲打鸟笼，好像请求进去避难。但是，里面的三得子一声不吭，一动不动。姥爷把三得子的笼子，提在手上，离开了人群。靶拔和马嬷全部的注意力都在我和四哈这里，他们千方百计地要和我们在一起，他们的心思根本不在葡萄架子那边。马嬷披头散发，靶拔的扣子被扯掉了两个，头发也很凌乱，两个人都显得很狰狞。马嬷每一句话都是哭喊着、尖叫着说，连我都听不清楚她到底在喊什么。除了控制我们的几个特别凶狠的迷彩服外，十几个迷彩服都在拆葡萄架子，他们的脸上很平静，带有日常的劳动欢乐感。

　　越来越多没有上班的小区人都围过来观看。他们七嘴八舌地议论，声调听起来义愤填膺又幸灾乐祸。我能听到认识我和四哈的人在喊，这狗会做算术题啊！好好的，为什么要抓走？有个声音接话说，抓去肯定是杀掉了。这太过分了嘛！拆违建，为什么要杀人家狗啊！

　　围魏救赵嘛……

　　什么违建哪，让大家统一格式做个安全顶，不是很和谐吗？

　　喂，听说要罚款十几万哪……

　　卖了走了算啦。

　　哪里，产权被冻结了。

　　关键是狗要杀掉吗？

　　创文明城市嘛……动真格的了！

　　……

　　来的人越来越多。

　　没想到有人来了的场面，是这么恐怖。马嫲死死抱着脖子上套着麻绳的我，一个劲地哭叫，我舔着她的眼泪和鼻涕。四哈好像知道怕了，也可能是腰踢坏了。突然，它站起，对所有的人拜拜。很多人被它拜得先是嬉笑，后来无语。有个女邻居好像快哭了，她想到四哈身边，刚靠近，就被一个迷彩服推了出去。我不明白为什么他们不好好说话呢，昨天晚上不是说好了要自己拆了吗，今天为什么就不能告诉来的人呢？我们自己拆，要把葡萄拐弯种。这是来不及了吗？为什么要把我和四哈控制住，我们不会咬人啊。他们要把我们带去哪里？集中处理又是指什么呢？靶拔马嫲为什么这么像丢人现眼的疯子？

我看着树枝横飞的院子，无意中发现三得子竟然站在人心果枝头上，它不是被姥爷提走了吗。姥爷呢？我叫三得子。三得子说，他放生我了。我先飞下来了。三得子抬头看着天说。我和四哈一起往天上看，就这个时间，我们看到姥爷像一把大螺丝刀，从天上掉了下来。只有我和四哈看清姥爷从三十二层的楼顶扎下来，其他人，所有的人，都是被姥爷身子落地后放炮一样的巨响，吓呆以后，才看清掉下来的不是螺丝刀，是姥爷。和螺丝刀不一样的是，姥爷谁也没扎到，只是砸到了已经被放倒的秋千架。

来的人，所有的来人，都被吓到了。全场悄然无声了好几秒。在这个安静的时间里，大家看到三得子起飞，飞向了院子旁路边的一排小叶桉上。这时，我才看见上面站着五六只戴胜鸟。它们是来看望人心果的，还是来问候姥爷的呢？马嫄的哭声——比刮玻璃还刺耳凄厉的哭声，就是那时候，突然迸发出来的。她扑向了姥爷。抓住套我脖子的麻绳的人的手，也松了下来。我和四哈都向马嫄姥爷奔去。

靶拔也过来了，看到他的鞋子，我就知道是他。还有一双鞋子，一直走到了我们身边，那鞋子动了动，鞋子上面有个声音说，我的牛丢了。

图书在版编目(CIP)数据

身体是记仇的/须一瓜著. —福州:海峡文艺出版社,
2024.11
　(独角马中篇轻读文库)
　ISBN 978-7-5550-3876-4

Ⅰ.Ⅰ247.5

中国国家版本馆 CIP 数据核字第 202442P3N7 号

身体是记仇的

须一瓜　著

出 版 人	林　滨	
责任编辑	余明建	
编辑助理	陈　瑾	
出版发行	海峡文艺出版社	
社　　址	福州市东水路 76 号 14 层	
发 行 部	0591－87536797	
印　　刷	福州德安彩色印刷有限公司	
厂　　址	福州市金山工业区浦上标准厂房 B 区 42 幢	
开　　本	787 毫米×1092 毫米　1/32	
字　　数	86 千字	
印　　张	6.875	
版　　次	2024 年 11 月第 1 版	
印　　次	2024 年 11 月第 1 次印刷	
书　　号	ISBN 978-7-5550-3876-4	
定　　价	28.00 元	

如发现印装质量问题,请寄承印厂调换

独角马·中篇轻读文库

遭遇"王六郎"　　　　　　　　　　梁晓声

未未　　　　　　　　　　　　　　　张抗抗

我本善良　　　　　　　　　　　　　王祥夫

在传说中　　　　　　　　　　　　　蒋　韵

那一天　　　　　　　　　　　　　　尹学芸

与永莉有关的七个名词　　　　　　　张　楚

歧园　　　　　　　　　　　　　　　沈　念

天体之诗　　　　　　　　　　　　　孙　频

乌云之光　　　　　　　　　　　　　林　森

暖阳和他的花雕马　　　　　　　　　肖　睿

此处有疑问　　　　　　　　　　　　杨少衡

仰头一看　　　　　　　　　　　　　林那北

身体是记仇的　　　　　　　　　　　须一瓜

风随着意思吹　　　　　　　　　　　北　村

老骨头　　　　　　　　　　　　　　李师江